“十三五”国家重点出版物出版规划项目

丝路文库
SILK ROAD LIBRARY

丝路文库

洞中人

〔埃及〕陶菲格·哈基姆 著
张景波 译

華文出版社
SINO-CULTURE PRESS

أهل الكهف

توفيق الحكيم

目录

第一幕 （003）
第二幕 （025）
第三幕 （051）
第四幕 （083）

洞中人

第一幕

在拉格姆山的一个漆黑的山洞里，有几个影子隐约可见，其中有两个蹲着的男人，附近趴着一条狗，前爪伸向洞口。

买什里尼亚（以下简称“买”，他是两人中的一个） 穆尔奴什！

穆尔奴什（以下简称“穆”） 你睡醒了？你叫我干吗？

买 你在哪儿呢？我只能听见你烦躁的声音，却看不见你。哎哟！我的背疼极了。

穆 让我休息一下，我也一样，我的肋骨也很疼，好像仰着睡了一年似的。

买 牧羊人呢？我们三个中的一个——牧羊人在哪儿呢？

穆 我认出他那条狗的影子了。它伸着两只爪子。

买 难道你没看出牧羊人不愿意接近我们吗？他在哪儿？

穆 也许他在洞口，正等待日出呢，这是牧羊人的习惯。

买 （伸懒腰）我的背好疼呀，穆尔奴什！我们在这里待了多久啦？

穆 我也正为这个苦恼呢。

买　我也一样，烦躁得很。穆尔奴什，我们究竟在这里待了多久啦？

穆　一两天了吧？

买　谁告诉你的？

穆　难道我们睡得还会更长吗？

买　你说得对。（沉默，突然不耐烦地）我要出去。

穆　哎呀！你到哪儿去？

买　难道你还要我在这里再过一夜吗？

穆　再过两三夜！直到我们的生命从残暴的国王——底格亚奴斯那里得到保障。

买　（怨恨地喊叫）不行，我不能再等了。

穆　难道我就能等吗？我有妻子，我爱我的妻子和儿子，我和他们相依为命。

买　为了他们你才活着嘛！

穆　你呢？你还不是为了……

买　是的，穆尔奴什。可是，你不是很了解吗？我一天也不能离开她。

穆　买什里尼亚，为了你自己，也为了我们，你可要小心呀！城里的大屠杀还没完，今后，你要是再轻举妄动，我绝不再姑息。

一个影子在黑暗中摸索。

买　是谁？

叶姆里罕（以下简称“叶”）　大人，我是牧羊人。

买　我们正在找你。

叶　我起来摸索通向洞口的路，可是我没找着。

买　挨着我们坐下吧，从你把我们带到这个洞里，你一直不说话，你好像不愿意和我们接近。

穆　牧羊人，你叫什么？

叶　我叫叶姆里罕，大人！

买　为什么你总是叫我们“大人”？

叶　那么，我怎样称呼在国王左右的亲信大臣呢？

穆　奇怪！谁告诉你我们是国王的亲信大臣？

叶　可是，谁不认识两位大臣呢？

买　过去你见过我们吗？

叶　见过多次了。

穆　在哪里？

叶　在托尔苏斯城，在斗狮场，在国王的看台上，您二位在国王左右。多少双眼睛看着你们，多少张嘴在低声细语：这是国王，那是买什里尼亚和穆尔奴什。

买　那么，当我们跑到你那里，向你打听藏身之处时，你就认出我们来了，是吗？

叶　开始我并没认出你们，后来我听见你们当中的一个人对另一个人说：“穆尔奴什，他们追来了，快跑吧。”这个名字立刻提醒了我。于是，我丢下我的羊群，把你们带到这拉格姆山洞里来了。

买　（沉默片刻）叶姆里罕，我们没有耽误你放羊吧？

叶　没关系，羊在吃草，很安全。没有一个人会知道羊是一个基督徒的。

穆　你也把你信仰的宗教隐瞒起来了？

叶　是的，大人。

买　叶姆里罕，“大人”这个词听起来很刺耳。在这里我们是兄弟，都是基督教教友，不分主仆。

穆　叶姆里罕，你有家眷吗？

叶　没有，只有根吐米尔。

买　根吐米尔是谁?

叶　(指着狗)我的狗。

穆　那你现在比我们都幸运!

沉默。

叶　(犹豫地)我想斗胆问一句。

买　叶姆里罕,你随便问吧,什么也别怕。

叶　自从看见你们为逃避屠杀而跑出来,我就一直想着这件事。但是为了救你们,我忘了一切,直到来到山洞,我才放下心来。我一直想着你们的事,不料却沉睡起来,一睡就睡到现在。我的肋骨好像断了似的。

买　我们有什么事使你疑惑不解呢?

叶　底格亚奴斯国王是基督教的大敌,但他却不知道他的两位大臣就是基督教徒。

穆　(有些激动地)这个下令屠杀基督徒的人,连自己的女儿是基督徒都不知道。

叶　(诧异地)他的女儿——公主宾里斯卡?

买　(埋怨、责备地喊叫)穆尔奴什!

穆　我把这件事告诉叶姆里罕有什么不对呀?我只是没顾及你的心情而已,买什里尼亚。

叶　大人,请您宽恕。其他的事我不想知道,只想知道一件事——国王是怎么知道二位大人的秘密的?是靠耍阴谋还是有人告密?

穆　买什里尼亚,你告诉他吧。

买　我要出去。

穆　你还是这样?你给我带来了多大的不幸呀!

买　　我已经对你说过了，在这里我一天也待不下去了。

穆　　你这个鲁莽汉子！你让我们陷入这样的困境，还觉得不够吗？

买　　你讨厌我吗？

穆　　还得感谢上帝呀，好在你那封倒霉的信中只有你我两个人的名字。（买什里尼亚不答话）是呀，真是倒霉，这是第一封信，也是最后一封信呀。

买　　你确实倒霉……真的。

穆　　我早就提醒过你，不要给宾里斯卡写信。

买　　别说了。

穆　　但是，你却头脑发昏。给她写了信，并把信交给对你二人心怀不满的侍女阿依拉。你还记得有一天我提醒过你，叫你提防她吗？平常我仔细观察过她。难道除了这个女人，你就再也找不到其他传信人了吗？（买什里尼亚沉默不语）真是麻痹大意！你不是告诉过我，在写这封倒霉的信之前，你曾把一个你为宾里斯卡做的金十字架亲手交给她了吗？如果你把信亲手交给公主，哪至于发生这种事情？（买什里尼亚没有回答）但是，你不听，仓促地给她写了信……是的，在信中你还告诉她，你由穆尔奴什陪同秘密地去做复活节祈祷，你还提醒她说，在穆尔奴什的陪同下去做礼拜。（买什里尼亚沉默片刻）

买　　是呀，如果我没有那样写……

穆　　如果我坚持，我就得救了。

买　　是的，如果你坚持，你就得救了。

穆　　我就不会失去在御前的地位，今晚也就不会在这荒郊野外受折磨了，我的妻小也就不会在残暴的屠杀中担惊受怕了。

叶　　（沉默片刻）大人，您的家眷很危险吗？

穆　　感谢上帝，没有任何人知道他俩是基督徒，也没人知道他俩同我的关系。我是秘密结婚的。我的事现在只有咱们三个人知道。几年来，我一直把妻子和儿子藏在一座无人居住、孤零零的住宅里。不要为他俩担心。在这之前，也曾有过几次大屠杀，但他俩都没有受到伤害。

叶　这是基督的恩赐。

穆　不幸的是，国王下令屠杀基督徒后才两天，我们的秘密就暴露了。

叶　是呀，我能想象得到，国王是怎样地恼怒。

穆　据说，他手里拿着信，大声狂笑。叫他的女儿——公主来，给她看了信，并厉声吩咐周围的人，让他们准备狮子笼，要给狮子准备一顿丰盛的美餐。

叶　真可怕！

穆　多亏公主宾里斯卡悄悄退至宫门，等候我们祈祷回来，我们才得以逃出来。

叶　是耶稣基督拯救了你们。

穆　是的，可这是什么样的拯救呢？它使我和妻小天各一方。唉！我想念我的儿子，今天早晨起身时，我没亲吻他……

叶　您多么爱您的亲人呀！

穆　我们相依为命，我是为他们活着的。

叶　忍耐些吧，上帝是仁慈的。

穆　的确，仁慈的上帝！上帝只拯救那些有耐心的人。

叶　你别讽刺人，上帝是真理的主宰。

穆　在这里，上帝和我们的事无关。我们已陷入险境，可并不是我使自身陷入险境的。

叶　世上的一切都是上帝的旨意。

穆　只有我们的事并非上帝所安排，而是人为的。

叶　（责备地）我祈求上帝宽恕，这不是一个信徒应该说的话。

买　（想站起来，却全身疼痛）哎呀！

穆　到哪儿去？

买　我想去补救一下。

穆　你这个人呀！你还想干什么？

买　我直接到国王那里去，对他说：“我对穆尔奴什犯下了罪，在信里提到他的名字是毫无意义的，我现在把自己的生命献出来。”

穆　坐下，够了！简直是一派胡言。你应该说你是为了去看你的心上人。

买　真遗憾！

穆　遗憾什么？

买　没想到你竟坏到这种地步。

穆　住嘴！坐下，你不要再惹祸了！即使告诉国王，他也不会相信，也许还会威胁你，逼迫你，让你说出我藏身的地方。

买　（顺从地坐下）主啊！那么，我能为你做些什么呢？

叶　一切听从耶稣基督的安排。

买　但愿耶稣基督了解我良心受到的谴责。

叶　你不相信耶稣基督会知道吗？求上帝宽恕，我认为他会知道，会宽恕你的。

买　什么时候宽恕我？

叶　上帝什么时候宽恕你，我们没有权利这样问，我们只能这样猜想。

买　叶姆里罕，你的虔诚我很钦佩。

叶　我信仰耶稣基督，他是真理的主宰。人类只能为了真理而流血牺牲。

买　你生下来就是基督徒，还是长大后信教的呢？

叶　我一生下来就是基督教徒了。

买　那和我一样。

叶　是的。但是只是在那一天，当我在托尔苏斯城墙下听了传教士的布道后，真正的信仰、坚信不疑的信仰才照亮了我的心。

买　哪个传教士？

叶　五年前，我三十岁。那时，除了羊我什么也不想。只是由于家传，我才在名义上信奉基督。不虔诚，也没有感情。有一天，我去托尔苏斯城办事，看见城外有一个传教士正在向一小群人讲道。残垣断壁挡住了人们的视线，于是，我走上前，仔细听他讲些什么，这一听，我简直变成另外一个人了。我的双眼仿佛看到了过去没有看见的东西。

买　那个传教士说什么了？

叶　他讲的话我想不起来了。但是，我却永远不会忘记我当时的感受：这种感受，我有生以来只有过一次。那是在黄昏时分，我走到山下，俯视郊外的风光。我从来没见过比这更美丽的景色了。我想了整整一夜，在追忆中，我好像见过这些美景，是在童年？在梦里？还是在前世？这些美景尽管罕见，但我并不陌生。第二天黎明时分，我又想起前日的美景。忽然，我的头脑中闪过一个念头：这一景致自始以来就是存在的，自万物存在之日就有。这种感觉正是我听传教士传教时所感受到的。尽管我是第一次听到他这番话，但对我来说并不陌生。我曾在何时何地听见过呢？在童年？在梦里？还是在前世？我的心里产生了一个信念：他的这些话完全是真理。我相信：为了真理，天地万物才能生生灭灭，循环往复。

买　（有些吃惊地）穆尔奴什，你听见了吗？

穆　听见了。

买　你怎么看呢？

穆　依我看，牧羊人这些话纯属胡言乱语，我不明白他说的都是些什么。

买　你什么也不明白，你只知道和你的妻小分离了一夜。

穆　（半讥讽地）可你又明白了什么呢？

买　我明白：我们离开了上帝，我们的感情没和上帝连在一起。

穆　这又有什么关系呢？

叶　（责备地）愿上帝饶恕你！（站起身）

穆　虔诚的牧羊人，你要到哪儿去？

叶　（犹豫地）出去……出去！我饿极了。趁着天黑，难道我不能进城为你们和我自己弄些食物来吗？

穆　（怀疑地）你还会回来吗？

叶　我把根吐米尔留下。

穆　（指着狗吃惊地）你看，它站起来了，真奇怪！瞧它在黑暗中的影子，一会儿蜷缩着，一会儿又伸伸爪子。我想，凡是在洞里睡觉的人，醒来全身都会酸痛的。（停顿）叶姆里罕，你说得对，你应该替我们买些食物来。你一说，我也觉得饿了，饿极了，胃里空空的。喂，买什里尼亚，你不饿吗？（买什里尼亚没回答）你不回答？也许你忙得把饥饿都忘了。（停了一会儿）我现在倒不是饿得那么厉害，只是觉得肚子好像生了锈，也许它也睡着了，也需要提醒它一下。叶姆里罕，你有钱吗？

叶　有钱。

穆　（手伸向口袋）你等一等。我记得，昨天我还把几个银币放在衣袋里呢，拿着……（叶姆里罕从他手里接过钱，走出洞去）

买　喂，穆尔奴什，你知道现在牧羊人脑子里正盘算什么？

穆　什么？

买　你没看见他急急忙忙地离开这里吗？他没有听见你的话。

穆　他是对的。

买　是呀，也许正称了他的心意，我也疑惑不已。

穆　你疑惑什么？

买　　我们爱自己胜过爱上帝。我觉得，我们对上帝并不是深信不疑的。

穆　　难道我们没向上帝祷告吗?

买　　是的，为了妻小你向上帝祈求恩赐。

穆　　你是为了宾里斯卡。

买　　过去，起码我们是为上帝而祷告的。但是，自从我们进山洞以来，我们就不再想谁…… (改口) 你只想你所爱的人。那么，你就埋怨我，埋怨上帝、基督和所有使你与眷属分离的人。穆尔奴什，你责备我没关系，至于上帝和基督……

穆　　买什里尼亚，我并不责备你，也不埋怨上帝和基督……因为现在我并没有想到你们。

买　　你看，这正是我所要说的，我们没有想着上帝。

穆　　买什里尼亚，你想听我谈谈吗?

买　　好，说吧!

穆　　正是上帝赋予我们心灵，给了我们权利。

买　　(思考片刻，高兴地喊叫) 穆尔奴什，也许你说得对。(疑惑地) 可是……

穆　　可是什么?

买　　牧羊人——这个总是提醒我们怎样对待上帝的牧羊人，他时刻都在想着上帝和基督。

穆　　你的这位牧羊朋友无牵无挂，把全部感情给予上帝或者给予魔鬼，对他都无关紧要。

买　　(沉思，好像得到了满足) 你说得对。

沉默。

穆　　(突然) 牧羊人叶姆里罕走了?

买　　你要干什么？

穆　　想让他路过我家时去看看我的妻子和孩子，告诉他们我很好，不久就能回家了。

买　　他不认识你家呀！要是我去，你看怎么样？看见我，他们就放心了。

穆　　（犹豫地）我怕你出乱子，败露了我们的事情。

买　　你不用担心。

穆　　唉，当然啦，你去过我家后，就可以去看公主了，是吧？你这个该死的！

买　　这有什么不好呢？她在等我，在等我的消息。你还记得那天她站在门后，帮我们逃跑的情景吗？你知道，当时你拉着我的胳臂，催我走，她正向我告别，她说，三天后的黎明她将在她的窗前等着我。

穆　　已经三天了吗？

买　　没关系，总之，我出去察看一下就回来。

穆　　如果有人看见你，认出你来呢？

买　　别怕，我在黑暗中悄悄地走，不会让任何人看见的。

穆　　（强有力地）不，不行！你出去很危险。

买　　（强压怒火）你不让我出去？

穆　　不让！

买　　你真自私呀！

穆　　我？

买　　对，是你！

穆　　真叫人伤心！你这么快就忘了过去我对你，尤其是对你的爱情是如何关心的吗？

买　　可是你今天却抹掉了我一切美好的记忆。

穆　　你这样轻率，我是要警惕的。

买　自从我们到这里以后，你只为自己着想，只考虑你自己会遇到什么危险。

穆　可是，你却只想找你的心上人，不管这将会给你我招致多大灾祸。到底我们俩谁最自私呢？

买　你最自私！

穆　还是我？热恋中的人的眼睛真瞎，真没良心！

买　说说你自己吧，你就是这样的人。

穆　我自知我的不足，但我绝不会忘恩负义！

买　（讥讽地）如果牧羊人在这里，他会告诉你，至少你对上帝和基督是忘恩负义的。

穆　至少？

买　是的，我不愿意借别人来提醒你。

穆　你真是个坏小子！

买　我？

穆　是的，我不像你那样，轻易忘掉别人对自己的好处。买什里尼亚，我不会忘记你是唯一帮我秘密完婚的人，你是在困境中支持我秘密建立家庭的。我也不会忘记，是你和我一起布置了住房，夜里你又为我们带来了蔬菜和水果，因为当时我们的一切行动都是在秘密中进行的，不能信任奴仆。我也忘不了我儿子来到这个世界之前，是你亲自给他带来了小衣帽。是的，如果没有你，我怎能……

买　我不愿意听你提起这些往事，我只要你想想，现在你总说我是你的灾星，这样你更加重了我的痛苦，刺痛了我的心。

穆　（责备地）难道这是我第一次为了你而不顾自己的安危吗？（买什里尼亚缄默不语）你从不承认你有热恋者的缺点：盲从、背弃上帝、忘恩负义，至少你是这样。你说呀！

买　（冷静地）我承认，为了我，你确实不顾自己的安危。

穆　那你为什么就不允许我在困惑的时候发发牢骚呢？

买　我？我什么时候不允许了？

穆　爱情能吞噬一切，甚至友谊和信仰。

买　甚至信仰？

穆　因为爱情本身就是强于一切信仰的信仰。

买　我知道你这是什么意思……

穆　什么意思？

买　要不是你有个基督徒的妻子，那你是不会信奉基督教的。你原来是个信多神教的异教徒，在前几次大屠杀中，你是底格亚奴斯的得力助手。

穆　要不是你，公主宾里斯卡也不会信奉基督教。她原是她父亲底格亚奴斯所信宗教的信徒。

买　（控制着激动的心情）穆尔奴什，你认为她真是为此而放弃她原来的宗教的吗？

穆　这还容怀疑吗？

买　在这方面，你使我明白了是非。

穆　你原来并不想明白，你这个傻瓜！

买　（兴奋地回忆着）是的，我不会忘记我向你谈起公主的那个夜晚。那天夜里，她身穿白衣，在圆柱大厅踱来踱去，她在等待夜阑人静时我们的幽会。当时，我毫无提防地对她说："你是一位天使吗？"她惊奇地望着我，问我"天使"是什么意思。我喃喃地对她说："这是基督教里的一个名字，是人世间万物中至高无上的。"沉默了片刻，我对她赞美基督道："但愿我是个基督徒。"她问："为什么？"我回答说："那么我就可以在上帝面前向你求婚，我们就可以缔结双方都不能违背的、神圣的良缘了。"于是她又问："基督教里有这些吗？"她沉默了片刻，然后又天真又羞涩地说："但愿我也是个基督教徒。"

穆　过了一会儿，你就跑到我家，高兴得发了狂。

买　是呀，你马上就为我考虑、安排起来了。

穆　当时，你们两人偷偷地跑到神父那里，请神父接纳公主入教。

买　这是由于你的高见和帮助。穆尔奴什，的确，我忘不了那天。当时，我和公主走了，你在困境中一直等我们回来。当底格亚奴斯问起他的女儿时，你对他说，公主和侍女在沐浴。又告诉那些忐忑不安的侍女们说，公主在她父亲那里。是呀，追忆往事，我无所畏惧，只是一想到底格亚奴斯就心惊胆战。记得那次在圆柱大厅，我手拿《圣经》在等宾里斯卡，国王突然出现了，他的话音至今仍在我耳边回响。他问我："你手里拿的是什么书？"我简直吓糊涂了。这时，正是你——穆尔奴什，你立刻走过来，从我手里夺过书回答说："陛下，这是我的书，我忘在大厅里了。"那时，我完全明白了：为了我，你随时准备牺牲自己。

穆　不是为了你，而是为了一个情人、一个未婚夫，为了他的未婚妻，我要保护他。

买　谢谢你，穆尔奴什……可是……

穆　可是什么？

买　可是。我并不感谢你现在的所作所为。

穆　现在的？

买　（沉思地）是的……（片刻后）我不明白……人是多么不可思议，有时我们能强大到牺牲自己，建立丰功伟业，有时又会软弱到卑鄙自私的地步。强大也罢，软弱也罢，都没有什么通达的情理。

穆　所有这一切都是因为今天我没让你去会见公主！

山洞里回响起一阵喊叫声。

买　（侧耳细听）别出声！

穆　这是什么声？

声音　（渐近、喊着）两位大臣！

穆　你是谁？

声音　我是叶姆里罕。

穆　牧羊人，你干吗这么大喊大叫？

叶　你们两位在黑暗中等待黎明，而太阳已经升到中天了。

穆　在哪儿？

叶　在洞外。我在洞口摔倒了，黎明就在我们面前，而我们却不知道！奇怪的是太阳的光和热都射不进山洞，尽管太阳每日升落往复。

穆　这就是你所做的一切吗？食物呢？

叶　假如你们两位知道我所看到的、听到的……

穆　你说吧。

叶　我刚走了两步，就看见前面有位骑手，穿着奇怪的服装，像个猎人。于是，我把身上带的银币递给他，要求买他一些猎物。他一看见我，大惊失色，策马想跑，我抓住缰绳，让他停下，并向他挥动着银币。他小心翼翼地从我手里接过一块银币，仔细地看着。我紧紧地盯着他。他把那块银币翻来覆去地看着，之后，才战战兢兢地说："底格亚奴斯……底格亚奴斯年间的钱！"随后，他又壮着胆子抬起头来对我说："你有很多这种钱吗？"我把所有的钱都掏给他，他问："你在哪儿找到的？"我问："干吗？"他回答："这是旧货币，是宝贝！"我估计这个人是中邪了，所以又把钱从他手里夺过来，躲开了他。他用惊恐、好奇的眼神看着我，然后，策马扬鞭，一溜烟儿不见了。

穆　　真的，他确实中邪了。

买　　不，穆尔奴什，别着急。

穆　　怎么了？

买　　我有些疑惑。

穆　　疑惑什么？

买　　疑惑我们在这个洞里待的时间。你不记得我是进洞前刚理过发的吗？可现在呢？我的胡须下垂，头发披肩。原来我没注意，是我用指甲抓了抓头才发现的。

叶　　是的，是的，我也是这样。当我掏银币给那个猎人时，我看见我的指甲很长，这是以前从来没有过的。谁知道，也许我这披头散发的样子把那人吓坏了。洞里漆黑，彼此看不见，所以什么也没发现。

买　　看来，不知不觉地，我们在洞里待了一个星期了。

穆　　（摸着自己的头）你们说得对，我想起来了，刚进洞时我的须发也不是这样的，真奇怪。买什里尼亚，你瞧，假如在黑暗中你能看见，我长着这样的胡须真像想象中的圣徒了。

叶　　也许我们在洞里待了一个月了。

穆　　你呀，一个月？这么长的时间我们都干了些什么呢？

叶　　我们睡着了。

穆　　这难道是正常人说的话吗？

叶　　为什么不是？我小时候听祖母和母亲说过，有一个信奉上帝和基督的牧民被洪水围困在山洞里。他在洞里睡了一个月，直到洪水退去才醒来。当他像进洞时一样平安地出来时，时间已经不知不觉地过去了。

穆　　这是老太婆讲的神话。

叶　　我相信这种神话。依我看，这没什么奇怪的。据说尸体在山洞里，因为潮湿而不易腐烂。整整一个月，阴雨连绵，躯体又怎能腐烂呢？也许上帝和基督的意愿是拯救这个虔诚的信徒。

穆　　（戏谑地）那我们的情况你又怎样解释呢？是阴雨和洪水呢，还是上帝和基督的意愿呢？

叶　　我们的情况也一样。我不是说过吗？我看见太阳奇怪地从山洞上面偏斜过去，这难道不正是上帝和基督不让阳光照射我们的躯体吗？这正是上帝和基督的意愿。让这种奇迹拯救虔诚的基督教徒。

穆　　（略带讥讽地）虔诚的人，感谢你，叶姆里罕！我想，假如你不和我们在一起，上帝和耶稣就不会用奇迹来拯救我们啦！

买　　（突然站起来）穆尔奴什。

穆　　买什里尼亚，你要到哪儿去？

买　　无论事情怎样，毫无疑问，三天的期限已经过去了。

穆　　你的意思是说，你要到……

买　　世上任何力量都不能阻挡我！

穆　　（略带几分讥讽地）天上也没有这种力量吗？

洞外有嘈杂声。

叶　　静一静，你们听见了吗？

穆　　这是什么声音？

叶　　（侧耳细听）好多人在吵嚷。

穆　　（猛地站起身）不得了啦！我们的末日到了！

买　　末日到了？

穆　　是的，这些人一定是底格亚奴斯派来抓我们的。叶姆里罕，你看见了吗，是那个疯疯癫癫的骑士引来的？我不是对你们说过了吗，在我们没弄清是否安全之前，不要出去？买什里尼亚，你就差点儿出去。

洞外人声渐近。

众人　　（在洞外喊叫）有宝贝的人，别害怕，出来吧，不要怕！

穆　　什么宝贝？谁有宝贝？

叶　　（打着手势耳语）安静，听着！

买　　（耳语）我怕他们进来。

众人　　（走进洞口）就是这个山洞，这是洞口。（另一伙人）可是洞里黑极了，真黑，（又是一群人）拿火把了吗？点着火把。

穆　　（耳语）这是干什么？

买　　（耳语）我们被包围了。

叶　　（耳语）我们只得把自己交给上帝和耶稣基督了。

不一会儿，光线照进洞里，人声鼎沸。人们手持火把闯进洞来。但是，第一批进洞的人在火把下刚一辨认出三个人的样子，就吓得疾步后退。后面的人也吓得乱喊乱叫，一时间阵脚大乱。

众人　　（惊恐地后退）鬼影！死人！幽灵！

人们丢下火把，乱哄哄地跑出去。洞里只剩下他们三个人和一条狗以及零散的火把。但三个人却像泥塑一样，脸色苍白，一动不动。好像“幽灵”“死人”这些话把他们吓呆了。对所见所闻他们全然不解。

第二幕

在圆柱大厅里，宫女簇拥着公主宾里斯卡。她手里拿着一本书。

公主　（询问地）我的老师格里亚斯在哪儿？一整天都没看见他了。（教师格里亚斯疾步上前。他是一位白发老人。这时，宫女退下，只剩下公主和她的老师）

格里亚斯（以下简称"格"）　（喘着粗气）公主，我在这里。

公主　奇怪！为什么你气喘吁吁，满头大汗？

格　公主殿下，我刚才还在城里，只因有事想立刻禀告殿下，就跑回来了。

公主　城里有什么事？父王正在找你，他很忧虑。

格　（快步走着）国王找我？

公主　（叫教师）等一等，你看我手里拿着什么？是《圆梦书》。格里亚斯，昨夜我做了个奇怪的梦。

格　殿下，您梦见什么了？

公主　我梦见我好像被活埋了。

格　（思索片刻）主呀！难道这与今天那件闹得满城风雨的事有关吗？

公主　城里发生什么事了？

格　底格亚奴斯朝代的一个宝库被埋在拉格姆山谷的洞穴里了。

公主　（思索）底格亚奴斯？

格　是的，底格亚奴斯，殉教者时代的君主。我给您讲古代史时不是谈到过他吗？

公主　底格亚奴斯不就是那个和我同名的公主的父亲吗？

格　殿下，您想起来啦？是的，那是他女儿，那位公主——女圣徒。在您出生时算命先生就预言：在天资和信仰方面您会酷似那位公主的。

公主　你看这个算命先生说得对吗？我真的像那位公主吗？格里亚斯，我对那位公主几乎一无所知。有关她的生平你一点儿也没告诉我。你真狠心，难道你没发觉：我是多么想了解她——人们都说我酷像的那位公主吗？

格　我以耶稣基督起誓，殿下，我已把我所知道的有关她的一切以及她那个时代的一切都告诉您了。我不是对您说过吗，她是个基督教徒，对上帝与耶稣基督坚信不疑？她所在的朝代基督教受歧视、受压迫。我也告诉过您，公主对她暴虐的异教徒的父亲一直隐瞒着自己的宗教信仰。我还告诉过您，她是修女，终身不嫁。她活到五十岁，洁身逝世。

公主　格里亚斯，有一次你对我讲，每当人们强迫她成婚时，她就说：“我与一位圣徒有盟约，我不能毁约。”

格　您说得对，殿下。

公主　你看，这神圣的盟约是与谁订的呢？

格　与上帝订的，殿下。除了上帝，您想还有谁呢？

公主　我想那位公主是和她的意中人订的。

格　（否定地）当心呀殿下，求上帝宽恕。除了上帝，她还能想着谁呢？

公主　这有什么不可以的呢？一个女人的感情总是向往上帝和他人的。格里亚斯，你不理解女人的感情，你是个傻瓜！

格　殿下，我读过她的全部历史。

公主　（嘲笑地）可是对她的历史你却一点儿也不懂。像你这样的老人是不会懂的。

格　我的确懂得。这位公主圣洁无瑕。最近我偶然看到一部古代名著，里面提到，公主的一个侍女经常听公主说："我天天等待。我要等待，不厌倦地等待，直到他回来。"

公主　你看她在等谁？谁要回来？

格　殿下，是耶稣基督。公主等待耶稣基督从天上回来的日子。

公主　那么，她确实是个地地道道的圣徒啰？

格　这还用怀疑吗？

公主　无疑，只要她能够，她宁愿做个女人。

格　殿下，恳求您不要嘲讽您那位伟大的老祖宗吧！

公主　（玩弄着她颈下的十字架）格里亚斯，自我出生以来就戴在脖子上的这个金十字架，确实是老公主的遗物吗？

格　是的，殿下。这是她的珍贵遗物。据说一天夜里她在睡梦中梦见耶稣基督给她戴上这个十字架，醒来，十字架就戴在她脖子上了。她生前一直为此而欣喜若狂。

公主　格里亚斯，她是死在这个大厅里的吗？

格　是的，她很喜欢单独待在这个大厅里。临终时，她要求把她从自己的房间抬到大厅里来。

公主　为什么她要死在大厅里呢？

格　不知道，殿下，谁也不晓得呀。

公主　就在这里——这个大厅里，也许就是我们现在站的这块地方？

格　是的……就在这里。女圣徒——公主宾里斯卡已经去世三百年了。

公主　（沉默片刻）我是多么爱听有关那位公主的事情呀！

格　这也许是您酷似老公主的缘故吧。算命先生对您的预言是正确的。

公主　（戏谑地）我——圣徒？什么都像，就是这一点不像。

格　依我看，这不过分。

公主　不，我不愿意。

外面传来声音。

声音　（从外面叫）格里亚斯！

格　（迅速地转过身，细听）国王。

国王　（走进）格里亚斯，你听到消息了吗？

格　是的，陛下，宝库的消息。

国王　是影子。

格　（宾里斯卡同时）影子？

国王　（对格里亚斯）你没和大家一起去山洞吗？那么你刚才在哪儿呢？

格　我刚才和大家正听那个猎人讲他带来的消息。正想和众人去山洞，忽然想起公主的功课来了。

国王　那个猎人已经骑马跑回来了。他惊奇地说，在山洞里，人们看见三个形态可怕的人。他们披头散发、服饰奇特。和这三人一起的还有一条眼光奇异的狗。大家都吓坏了。

公主　（惊恐地）上帝呀！多可怕的人呀！

国王　宾里斯卡，你不要怕。

格　（思索着）这可能吗？

国王　格里亚斯，你看呢？

格　三个人，第四个是他们的狗。陛下，能是他们吗？

国王　他们是谁？

格　（自言自语地）是的，对，三个人和他们的狗。

公主　格里亚斯，他们是谁？

格　殿下，我在给您讲殉难者时代的历史时，不是对您说过吗？几个罗马青年贵族因宗教信仰，为了逃避底格亚奴斯的屠杀失踪了。他们的朋友等待他们归来。这些朋友给他们编造了许多传说，肯定他们一定会回来。我读过一些古书，书中预言：总有一天他们会出现的。

国王　在山洞里，一位长者，听完猎人讲述后，也是这样对众人说的。

公主　（又怕又想听）父王，这位长者说什么？

国王　长者看了看洞里的人，又看了看他们的穿着，对大家说："这几个人不是死人，也不是幽灵。因为前人曾经说过，底格亚奴斯的两个年轻的侍臣从他手下逃跑了，还有个牧羊人和一条狗跟着他们。以后，他们都失踪了。但是，他们将会再出现的。各个朝代的人都想着他们，等待着他们。"

公主　但是，父王，我们这个朝代的人几乎把他们忘了。

格　是的，殿下。圣徒只在被人遗忘的朝代才会出现。

国王　那么，格里亚斯，对此，你是坚信不疑啰？

格　（兴奋热情地）陛下，我确信。是的，我坚信不疑。这几个人正是他们。陛下，上帝让他们出现在陛下这个幸福的朝代，因为陛下是只信上帝的基督教徒，因为当今的朝代正是基督教的盛世。

国王　（兴奋地）果然如你所说，那我该多么幸运！

格　（也兴奋地）陛下，是他们，就是他们："……三个人、一条狗，正像神父书中所说的，他们是圣徒穆尔奴什、买什里尼亚、叶姆里罕和狗——根吐米尔。”

公主　（略带严肃地）这真是离奇，真离奇呀，格里亚斯，对你所说的我简直不敢相信。

格　（仍很兴奋热情）猎人曾说他碰到一个怪人，把印有底格亚奴斯名字的银币给他看。听完他的叙述后我就想过。现在我确实知道他们是三个人和一条狗，而且他们的特征完全符合历史的记载。这就毫无疑问了。

公主　（既害怕又想打听）可是，他们原来在哪里？他们能活这么多年吗？

国王　（赞同地）是呀，格里亚斯，你说说。你认为他们三百多年来一直生活在山洞里吗？

格　（想了想）为什么不可能呢？谁知道。陛下，难道印度的书籍没告诉您吗？

国王　什么……

格　就是发生在日本岛上的故事，被称为浦岛太郎的故事。

国王　这和我们有什么相干？

格　那个故事与这几个青年的故事相同。显然，这是真的。陛下，那个国家的人相信浦岛太郎的故事，正像我们相信洞中青年的故事一样。

国王　那个岛上的人失踪了很长时间，以后又出现了？

格　是的，陛下，当地国王的御书中记载：雄略天皇当政期间，青年渔民浦岛太郎驾驶渔船从汤岛外出打鱼未归。之后，杳无音信。经过三十一代国王，即经过四个世纪以后，御书中又记载：在朱雀天皇当政期间，青年浦岛太郎又出现了，但他很快又走了……谁也不知他的去向。

公主　（受感动，片刻后）格里亚斯，在四个世纪的时间里，这个青年渔夫在哪里呢？

格　殿下，我不知道。我就知道这些。

公主　格里亚斯，你总是这样，知识肤浅！

格　（不悦地）殿下，您对什么都不满足，难道就能说明您聪明吗？

国王　（思索着）格里亚斯，奇怪呀，这么说，那个国家的人认为一个失踪多年的人是可以回来的喽？

格　是的，陛下。也许每个民族都有类似的故事呢！

国王　那么，无疑，有些人出走以后还是会回来的。

格　是的，陛下。死人会复活，这是人类不朽的故事。如果像人们所说，这故事是人们的良心，如果全人类不分种族、不分宗教地团结起来，在共同的故事中相会，那么陛下，人类的良心还会犯错误吗？

国王　（从沉思中苏醒）那么，格里亚斯，我们还等什么呢？为什么你不去山洞把这些圣徒作为贵宾请到宫中来呢？

格　（热情地）您说得对，陛下。我敢说："在罗马信奉基督教的国王中，没有哪个国王比您更虔诚的了。"

国王　（同样热情地）为什么我们不通知神父和宗教界人士，举行一个空前的宗教仪式呢？这是任何时代都没有的、具有历史意义的时刻。

格　陛下，您说得对。虔诚的陛下，您说得对极了。是呀，陛下，让我们走吧，走吧。

室外传来嘈杂声。

公主　这是什么声音？

国王　格里亚斯，你出去看看是怎么回事。(格里亚斯顺从地快步走出)

公主　(对国王) 父王，您当真要在宫里接待这些人吗?

国王　什么人呀，宾里斯卡?

公主　(畏惧地) 故事里的人，那些人人看见都害怕的幽灵?

国王　你害怕吗?

公主　(畏惧地) 是的。

国王　(温和地) 不要害怕，宾里斯卡。你会看到他们和我们一样。不要怀疑，因为怀疑才使得大家害怕这些人。

公主　(害怕地) 父王，每当我想到我和那些自古就流传的神话里的传奇人物相聚一堂时，就不能入睡。

国王　孩子，不要这样。他们不是神话中的人物，他们是圣徒。这些圣徒能在我们这里出现，这是大吉大利，是莫大的荣耀。

格　(边跑边喊) 陛下，他们! 他们!

国王　(突然惶恐不安地) 谁?

格　洞中人……

公主　(吓得低声叫道) 啊!

国王　(战栗地) 怎……怎么样……格里亚斯，他们怎么来了?

格　陛下，一群人把他们带来的。他们现在已经到达宫门了。

公主　(害怕地) 格里亚斯，到我身边来，别把我丢下。

格　(热情地) 陛下，让我们迎接他们吧，让我们盛情地款待他们吧!

国王　(不动) 好，我们去迎接他们。

公主　父王，不要接见他们，您会害怕的。您的声音都发抖了。

国王　我?

公主　是的，我起誓，您害怕了。

格　殿下，陛下非常虔诚。虔诚的人绝不怕圣徒。

国王　格里亚斯，你说得对，说得对。(喧闹声渐近)

国王　（稍有不安）听，是他们……

格　那么，让我去迎接他们。

公主　（阻止格里亚斯）你别走，我刚才对你说过了。（买什里尼亚的声音传来）

买　（在外面喊叫）叶姆里罕，什么都没有变。这是圆柱大厅，还像昨天我们离开时一样。

穆　是的，是圆柱大厅，没有变化。

叶　（尖叫）变了，一切都变了。

他们出现在大厅里，一个个披头散发，很长的胡须，身着古装。宫里的人和宫中的卫士把他们团团围住。

公主　（一见到这些人就含糊不清地喊了一声，并紧紧地抓住格里亚斯的衣角）主啊！

买　（一见到公主马上情不自禁地小声喊着）宾里斯卡。

宾里斯卡（公主，以下简称“宾”，吓得躲在格里亚斯身后）　哎呀，你听见了吗？他叫我的名字。

格　（耳语）您可看见了？他就是圣徒。

猎人向激动的国王走去。

猎人　陛下，我们把他们从山洞里带来了。请国王陛下亲自裁决他们的事情。

穆　（用目光示意买什里尼亚，并向他耳语）这一定是底格亚奴斯的后裔。

买　（旁若无人，只感到公主的存在）宾里斯卡。

公主　（害怕地）格里亚斯……他用奇异的目光看着我，我不能再待在这里了。（她拉着教师，从靠她最近的一个门走出去。谁也没注意，只有买什里尼亚看见了，他很吃惊，好像在做梦）

国王　（木呆呆地向他们走去，惊慌失措地）圣徒们，你们在这里将受到最热烈的欢迎。就像我们的祖辈一样，我早就在等待你们了。这对我们确实是莫大的荣幸……

叶　（用惊恐的目光斜视着周围的一切，并向穆尔奴什耳语）你看看这个国王的衣服，这些兵丁。我们是来到哪个国家了？

国王　（继续谈）是的，正是你们给我们带来了荣誉。你们出现在我的朝代，而不是在我的祖先——信奉基督教的其他朝代。

叶　（害怕地对穆尔奴什耳语）这个国王信奉基督教。

穆　（制止叶姆里罕）你就只懂这句话。

国王　（对猎人）是你，把圣徒们高贵的山洞指给了我们。猎人，我将嘉奖你。圣徒们，我们一直等待这一光荣的时刻，很久以来就恭候你们的光临，正像历史上所记载的那样。

买　（自言自语地低声说）这个国王疯了。

国王　如果各位赏光，我的宫殿就是各位的住所。你们就在这里下榻，一切物什这里都有。对圣徒我们唯命是从，我们没有任何奢求，只愿为各位效劳，使各位愉快。

叶　（对穆尔奴什耳语）我不是对你们说过了吗，上帝是万能的？我们在洞里待了一个月，就出现了奇迹。（穆尔奴什没听他的话，而买什里尼亚则一心想着公主）

穆　（回头向国王答话）陛下，赞美我主。上帝创造奇迹：暴虐的底格亚奴斯顷刻覆灭，陛下现在继承了王位。我非常诚挚地感谢上帝。上帝委托您——陛下和大家从早到晚关照我们。要不是我有急事，我是不会如此匆忙的。（国王有些诧异）请陛下允许我立刻回家。因为我的妻小七八天来一直在为我担惊受怕，等着我回去。

叶 （对穆尔奴什耳语）我怕这个宫殿。（然后他转向国王，激动地）我也要走，我的羊在吃草，只有我一个人知道羊在哪里。

穆 （急躁地）陛下，您准许吗？

国王 （惊慌失措地四处寻找格里亚斯）格里亚斯，格里亚斯！

穆 不，不必了，陛下。我认识回家的路。（俯身施礼、快步出去。叶姆里罕趁机尾随穆尔奴什出去。买什里尼亚仍留在大厅里，他径直向国王走去）

买 陛下，我这个样子，站在您面前和您讲话太不成体统。您看，我很狼狈。陛下是否允许我先回房去换换衣服、剪剪头发、修修面。

国王 （吃惊地）格里亚斯！

买 不，陛下，不必了。我知道我的房间在哪里。陛下，我向您告辞。现在我才注意到我这副狼狈相。公主一定是被我吓跑了。她也没顾得上回答我的问候。（丢下国王和周围的人走出大厅。在座的人惊诧不已）

国王 （向门口挪了挪）格里亚斯！

格 （在外面答应）陛下！（然后疾步走来）我在这里，陛下。公主殿下不肯让我在这个时候离开她。（看着面色苍白的国王）陛下有何吩咐？（向四周察看寻找）圣徒们在哪里？

国王 （惊醒后，指着那些面色苍白的人们，示意他们出去）

格 （人们走后，不安地询问）圣徒在哪里？

国王 圣徒？

格 是呀，他们在哪儿？

国王 格里亚斯，你在听我说话吗？

格 当然了，陛下。

国王　（耳语）这些圣徒是一群疯子。

格　（吃惊地）疯子？主啊，请宽恕！陛下，他们到哪里去了？

国王　都走了，有一个回家了。

格　回家？

国王　他说回家。另一个找他的羊群去了，说他的羊正在吃草。

格　第三个呢？

国王　第三个整装去了。

教师刚要开口，忽听到厅外妇女们的惊叫声。

格　什么事？

国王　就是他们当中的第三个人。他离开了宫殿，想必是侍从被他吓坏了。格里亚斯，你快去，把他带到贵宾馆下榻。嘱咐侍从和奴仆们小心侍奉。（教师急忙走出去，国王正准备走开，穆尔奴什突然转回，又出现在国王面前）主啊！（国王向后退）格里亚斯，快到我这里来。

穆　陛下，请允许我向您禀告。您刚才说过，我们的一切要求都会得到满足。感谢您准许我回家去，不过我走出门以后才想起来，我怎么能两手空空地回家去看妻儿呢？家里人会以为我这个礼拜是出远门了。我记得一年前底格亚奴斯派我到各省去，只离家四天，我就给儿子带回去许多礼物。孩子曾非常高兴地说："但愿你天天去旅行，爸爸。"无疑，这次他还会期待着我带给他的礼物。我现在手里要是有钱该多好，当然不是您光荣继位后废止的底格亚奴斯时代的钱币啰！

国王　（向着教师出去的门）格里亚斯！

穆　（仔细地看着周围的人和国王的服饰）陛下，您这么快就把服饰和外观都改变了，改变了异教徒——底格亚奴斯统治时的一切。以至使您基督式的执政与底格亚奴斯的统治迥然不同。是呀，现在人们的服装多漂亮！这一切您只用了几天就完成了，真叫我佩服得五体投地。就连人们把我们从山洞带到皇宫来时走过的那条路也完全变了。变得整洁、完全不是上周的样子了。变化真大呀！

国王　（向着大门张望）格里亚斯，快来，格里亚斯！

格　（从外面）陛下，遵命，陛下！

国王　（指着穆尔奴什）你能听懂圣徒说的话吗？

格　（朝穆尔奴什望去，并向他恭敬、驯服地躬身施礼）啊！光明的使者，罗马在长期地、不安地等待之后，终于盼到了你们的归来。你们的归来是深受欢迎的。对你们的归来罗马从未失望，因为上帝赋予它以信仰。（穆尔奴什凝视着格里亚斯，并不断地思考着。格里亚斯继续说着）但是，最美妙的却是你们没有选择其他君主而选择了我们幸运的君主，在我们这个朝代出现，并把你们伟大的光荣带给了他的臣民们。

穆　（自言自语）我以耶稣基督起誓：这是个白痴！

国王　（向教师耳语）在你进来之前我就对他说过这番话了。你问问他，他现在要什么？

格　他要什么，他还要离开上帝吗！陛下，我将像对待他的同伴一样，把他带到贵宾馆下榻，并嘱咐用人、奴仆满足他的一切需求，服从他的一切命令。（对穆尔奴什）走吧，上帝的臣民。

穆　（不动）到哪里去？

格　到您圣洁的教堂去。（想拉穆尔奴什的手）

穆　（推开格里亚斯，转向国王）陛下，您要把我交给这个疯子吗？（国王和格里亚斯交换着眼色，二人靠近了些）陛下，我在等待您的命令，我要回家去。

国王　（耳语）格里亚斯你听见了吗？听见了吗？

穆　（支吾着）我等着呢，请陛下对您忠实的奴仆和他的家庭开恩。

国王　（耳语）格里亚斯，你说怎么办？

格　（鼓足勇气向穆尔奴什走去）圣徒，我认识您的家，不过我们请求您现在暂时留在我们这里，不要急于回家。

穆　（惊奇地）你认识我的家？

格　（带着几分骄傲地回头看看国王，好像说，他终于能和圣徒搭上话了）是的，像我这样的人还能不知道吗？

穆　（惊讶地）奇怪！你怎么会知道我的家？就连知己我都没对他们透露过我家的秘密。

格　上帝的臣民呀，难道我不是知己吗？因为思念你们，我已满头白发。

穆　你？今天我才看见你的呀。

格　是的，这是我梦寐以求的无上光荣。我思念你们，盼望你们的归来。我从亲朋那里得知了你家的秘密。

穆　我家的秘密！你说，你是怎么知道这个秘密的，我要知道是谁把我家的秘密告诉了你。

格　（用深沉热情的语调）信仰。

穆　老头子，你听着，不管是像你所说的信仰还是其他，我要你现在告诉我：我的家在哪里？在什么地方？如果你诚实，你说我的家在哪个方向？

格　（用深沉的声音）在天上。

穆　（看着国王，自言自语）我不是发过誓吗，这个老头子失去了理智。

国王　（对教师耳语）格里亚斯，你留在这儿。（国王挪步）

格　（耳语）陛下，您要丢下我吗？（国王想走开。突然一个令人窒息

的声音传来，叶姆里罕突然出现了，于是国王退到格里亚斯身边）

穆　（惊讶地）什么事使你这么烦恼？

叶　（指着国王和格里亚斯）唉！你不是谈过这些人吗？

国王与格里亚斯交换看眼色，两人退至大门附近。

穆　叶姆里罕你疯了？（指着国王和格里亚斯）这是国王，这是个傻老头。

国王和格里亚斯轻轻地走出去。只剩下两个圣徒。

叶　买什里尼亚在哪里，他在哪儿？

穆　你怎么啦，叶姆里罕？

叶　快把买什里尼亚叫来，我们走吧，走吧！

穆　到哪儿去？

叶　回山洞去，咱们三个和根吐米尔，就像过去一样。

穆　为什么？怎么啦？出什么事情了？

叶　回山洞去，还是我们三个和根叶米尔。

穆　为什么？叶姆里罕你回答呀！

叶　这个世界不是我们那个世界，这不是我们的世界。

穆　你这是什么意思？

叶　你可知道我们在山洞里待了多少日子？

穆　一个礼拜。（叶姆里罕可怕地神经质地笑着）按你那神话般的算法——一个月。

叶　（使人畏惧地）穆尔奴什，我们是死人，是幽灵啊。

穆　你这是什么话呀，叶姆里罕！

叶　三百年！你想想，我们在山洞里待了三百年。

穆　真可怜，年轻人！

叶　可这个年轻人已经三百多岁了。三百年前底格亚奴斯就死了。我们那个朝代三个世纪前就崩溃了。

穆　我们那个朝代崩溃了？那么我们现在在什么地方？

叶　现在是另一个朝代，我们与它毫不相干。

穆　叶姆里罕，你喝醉了吧？

叶　我没有醉，也没疯，我告诉你的都是事实。你出去在城里走走，就会明白的。

穆　明白什么？

叶　你就会明白：我们一刻也不能在这些人中间逗留了。

穆　叶姆里罕，他们当中有谁让你这么害怕呢？他们不都是人吗？不是罗马人吗？

叶　不，他们是一些我们不了解的人——他们也不可能了解我们。

穆　你不要理睬他们，只和自己的亲人生活在一起，这有什么妨碍呢？（想起了什么）噢，你曾对我们说过，叶姆里罕，你没有亲人。

叶　假如我有亲人，都三百年了，你还以为我能找到他们吗？

穆　（颤抖）你说什么，你这个可怜虫！

叶　（几乎在号叫）是的，我们都是可怜虫，是可怜，我们三个和根吐米尔。如今我们只能在山洞里生活了。我们回山洞去吧，快走吧，穆尔奴什。谁也不听我们的，只有个别人能搭上话。快走吧，发发慈悲吧！再待在这里我就要死了。

穆　可怜的人，你疯啦。

叶　我没有疯，到山洞去吧，只有山洞才是我们的归宿。只有山洞才能使我们回到我们失去的那个世界。

穆　（不安地思考）对你这些话，一个有理智的人是难以想象的。一定是什么人跟你开玩笑，把你迷惑住了。

叶　没有人使我迷惑，这些都是我从人们那里亲耳听到的。是我从这些人那里了解的。你呀，穆尔奴什，你了解这些人吗？你说话呀，你再看看，这些奇装异服，这座变化万千的城市。你出去看看，托尔苏斯城不是你所熟悉的那座城市了，它已面目全非了。

穆　（思索片刻）你说的有些道理，不过……

叶　不过什么？我们没有理智吗？我们周围这一切变化绝不可能在一个月、也不可能在一年内就发生。

穆　事实上，许多事我也是不明白的。

叶　你看见了吧！周围的事物你一点也不了解，因为我们和他们相隔是三百年啦！

穆　三百年？

叶　是的。

穆　叶姆里罕，一切正常人对你的这番话都不能理解。我之所以把你当作一个聪明人，是因为我宽宏大量。你这么认真地说这番话，你真的以为我们在山洞里才睡了三天多吗？

叶　我们睡了三百年了。

穆　住嘴！够了。

叶　穆尔奴什，我何尝不和你一样地吃惊呢？但这是事实。过不了多久就会证实，我们确实在山洞里待了这么多年了。

穆　上帝呀，赐给我智慧吧！有了智慧我才能想象这个吃尽苦头的人所说的一切。叶姆里罕，你疯了，这就是事实。

叶　我说的都是实情。

穆　（费力地思考着）你会使我和你一样发疯的，我不能再想这些了。我们与他们之间的联系能达到什么程度就达到什么程度吧。你现在要什么?

叶　山洞。

穆　你想让我们活活地埋在山洞里吗?

叶　是的,让我们回到我们那个世界去吧。

穆　你自己去吧。

叶　你呢,穆尔奴什?

穆　我?我有亲人,有家庭,有儿子。他们在等我。(叶姆里罕可怕地笑着)你干吗这么笑,你疯了?

叶　三百年!你忘了?

穆　(厌烦地)好好,三百年。我告诉你:三百年也罢,四百年也罢,这对我有什么妨碍呢?反正我还活着。我们现在活着。难道你否认我们现在还活着吗?你能否认在那可怕的一夜过后,我们又活着从山洞里出来了吗?

叶　不仅仅是一夜——我已经说过——而是许多年。

穆　(叫喊)首先,我有理智,我很清醒,而且我能感到我的理智在头脑里存在着。正是这些理智才把你这些话都否定了。

叶　(听到响动要躲避)谁来了?他们来了!

穆　(看着他)你为什么这么怕他们呢?

叶　(耳语)我不喜欢他们。

穆　我敢肯定:山洞里那可怕的一夜确实影响了你的理智,叶姆里罕。

买什里尼亚出现了。他理了发,剪了胡子,穿着时兴的新衣服,变成了一个英俊的青年。

叶　(胆怯地拉着穆尔奴什,并指着买什里尼亚)你瞧,这就是那些人当中的一个。

穆　（回顾）这是谁呀？

买　（微笑着）奇怪，你们两人还是老样子，还穿着旧衣服，真让人看不惯。

穆　（盯着买什里尼亚）是你吗，买什里尼亚？

买　（微笑着）正像你看到的一样。（叶姆里罕好奇地摸着买什里尼亚的衣边）叶姆里罕，你喜欢这件衣服吗？

穆　（好奇地凝视着买什里尼亚）告诉我们，你是怎样改变模样的？

买　（得意地微笑着）事情很简单。我让仆人们拿来剃刀，给我刮胡子、理发，他们都一一照办，但是……

穆　但是什么？

买　但是他们彼此交换着眼色，暗中示意，好像很害怕。所以我对他们很和蔼，好言相待。可他们仍很惊慌。最后我才从他们那里得知了一件奇闻。你们知道我们在洞里待了多长时间吗？

穆　你也知道了？

买　你们已经知道了？

穆　（犹豫不决地）三百年或三百多年。

买　谁告诉你们的？

叶　（冲着穆尔奴什喊叫）你看见了吗？你现在相信我的话了吧？

穆　（对买什里尼亚）买什里尼亚，你能想象吗？

买　我怀疑他们是疯子。

穆　（对叶姆里罕）牧羊人，你听见了？

叶　（用力地）我以耶稣基督发誓。

买　我们不要你发誓，叶姆里罕。我相信你，就像最后相信了那些仆人一样。

穆　也许你相信了？

买　为什么我不相信呢？只要公主活着，其他事情对我都无所谓……

穆　你说得对。刚才你干什么去了？

买　没干什么，我让他们给我拿来了新衣服，我急忙把旧衣服换下来了。

穆　你干得好。你这样打扮的用意是不难看出的。你这个家伙，这一切都是为了……

买　（兴奋地）穆尔奴什，你看见她了？刚才她在这里。

穆　是的，（神情恍惚地）我也学你这样做，买什里尼亚。

买　（微笑着）你也想打扮打扮吗？

穆　我要干干净净、衣冠楚楚地去见家里人。

买　（回头看着牧羊人）叶姆里罕也想打扮打扮吗？

叶　（用骇人的哭腔）你们不要管叶姆里罕了，两位青年人。叶姆里罕已经三百岁了！

买　叶姆里罕真可怜，那么我们呢？

叶　你们都有所爱的人。

买　难道情人还有年龄限制吗？

穆　（对买什里尼亚）随他的便吧，你让他为谁穿戴为谁打扮呢？

买　你说得对，他没有眷属。

叶　（垂头丧气地走着）我以上帝和耶稣基督的名义向你们告别。

买　你要到哪儿去？

叶　（垂头丧气地走着）到山洞去。

买　你呀，你到山洞去干什么？

穆　叶姆里罕断言，不能在这些人中间生活。

买　（回头望着叶姆里罕）为什么？

穆　他断言，我们不能和这些人接触，他们也不能与我们接触。

买　谁使他这样烦恼？

穆　　不仅如此，他还害怕这些人，把他们当成另一世界的人。他觉得这个城市对他来说是一个陌生的世界。

买　　（对垂头不语的叶姆里罕）叶姆里罕，这都是为什么呀？（叶姆里罕不回答）

穆　　这是因为他老迈昏庸了。

买　　叶姆里罕，你为什么不能像我们这样看待生活，看待周围的一切呢？难道"三百年"这句话就把你吓坏了吗？就算是三百年吧，可是，首先我们还活着，我们在生活，我们有感觉……

穆　　我也是对他这么说的。我们有感觉，有理智。没有谁能相信在山洞住了一夜，一下子就变成了三百年。谁有这种头脑？无疑，这种智力比我们的智力细微得多，是另一种类型的智力。

买　　叶姆里罕，你回答我：在这方面你为什么和我们有分歧呢？此外，你再想想，就像你说的，我们睡了许多年，那么这对我们现在的生活又能有什么影响呢？我们不是都活着吗？我们有感情，有理想。

穆　　买什里尼亚，让我们一起想想：对这一点，一个有理智的人能想象得出来吗？

买　　不可能。

穆　　如果这些都是真的，那么，你得承认：我们都疯了。

买　　我认为没有任何事情能改变我现在和将来的生活。

穆　　是的，我也这样认为。

买　　你呢，叶姆里罕？什么事使你的生活变成现在这样？为什么你对生活的感触与我们对生活的感触截然不同呢？（叶姆里罕沉默不语）叶姆里罕，你是没听见我的话呢，还是不愿意回答我呢？

叶　　上帝呀，你现在什么也不要问我。

买　　为什么？

穆　　叶姆里罕，你说话呀！

叶　　（恼怒地）我已经对你们说过了，你们现在什么也不要问我。（片刻后，二人默默地看着叶姆里罕）对我来说，转瞬间，你们两个也成了陌生人了。一切都梦幻般地过去了，只有你们两个还存在。世世代代在半夜之间就消失了。啊，假如这个城还是托尔苏斯城，但愿你们这两个瞎子能看到我在街上看见的事情：当时，那些穿着奇装异服的人们，带着惊异的面容围观我、看着我，看得我的心都要蹦出来了。他们盯着我看，一定有人认为我来自魔鬼的世界。每到一处，人们都用警惕的目光盯着我的一举一动。我不能和他们当中的任何人交谈。真要交谈，我断定也不会得到回答，只能得到疑虑惊恐的目光。我猜想，他们当中不会有人给我一点儿食物，我会饿死的。无疑，他们一定认为我是个不吃不喝的人。毫无疑问，假如我要住下，绝不会有人和我做邻居。我到哪里，哪里的人就会跑掉，剩下我一个人。他们在我附近用永远不变的疑虑、惊恐的目光看着我。同时，我听见低沉的狗叫声，这才引起了我的注意。我回头看见我的狗根吐米尔被城里的一群狗包围着。这群狗一边看着根吐米尔，一边嗅着它身上的气味，好像根吐米尔是个奇怪的动物。根吐米尔想摆脱困境，但是无路可走。最后，这个可怜虫吓得跑到附近的一道墙根下，气竭力衰地倒下去了。那群狗跟着它，站在离它一步远的地方。有几条狗想靠近根吐米尔，闻了闻，吓得又站住了。这就是我和我的狗根吐米尔的新生活。至于你们两个，却都成了瞎子，什么也看不见。爱情使你们变成了盲人。今后，我也不能让你们看到我所看到的一切了。如果你们愿意，你们就留在这个世界上吧，而我在这个世界上却变成孤身一人了。我对这个世界再无任何牵挂。你们两个还没有感到衰老，而我的心在三百年的重压下呻吟着。永别了，过去的兄弟们。记住我们那美好的时代吧——底格亚奴斯时代！现在我祈求上帝，愿你们怀着青年人的感情在新的生活中获得幸福。

叶姆里罕垂头丧气，缓慢地走着，买什里尼亚和穆尔奴什默默地目送着他，直到他的身影消失。

第三幕

场景同第二幕：圆柱大厅里，买什里尼亚在圆柱间焦急地等待着。

时间：深夜。圆柱大厅里灯火辉煌。格里亚斯小心翼翼地出现了。

买　(担心地向格里亚斯跑去)你后面还有谁?(格里亚斯谦恭地低着头)公主在哪儿?

格　(惊恐、犹豫地)圣徒!

买　你没把我的话转告公主吗?

格　是的,是的。

买　她怎么说?

格　没什么,圣徒。

买　没什么?你没告诉她,自昨天起我一直想见见她吗?我不知道怎样去找她。不管怎样,今晚我一定要见见她。

格　圣徒。

买　（厌烦地）不要总是"圣徒、圣徒"的。你告诉我，公主都说了些什么？以上帝的名义，你要如实地告诉我，你说话呀！

格　（谦恭地低着头）圣徒。

买　（无可奈何地）我已经对你说过，别再叫"圣徒"了。从今以后不要再这么叫我了。我求求你，我不是什么"圣徒"，你明白吗？

格　（惊恐地低着头）是，圣徒。

买　（凝视着格里亚斯）真奇怪！这个人一定是个白痴。你在宫中是干什么的？（格里亚斯不知如何回答）你说呀，你在这里干什么差使？

格　公主的教师。

买　教师！公主的教师！从什么时候开始的？在宫里我从来没见过你，只是在昨天才看见你。

格　圣徒，我……我……

买　什么？傻瓜！难道你就不能提供任何帮助吗？你就不能对我说一点儿公主的情况吗？（自语般地）她是故意怠慢我，还是别有原因？你这老头儿，你就不能帮我一点儿忙吗？（格里亚斯低着头，好像听不懂）走开，你走开，我简直拿你没办法。

格　（谦卑地，想出去）圣徒。

买　我快要疯了。我和公主近在咫尺，却不能相见，我简直要孤独死了，要是穆尔奴什在这里也好哇。（回想起了什么）教师，你站住，我有句话问你。（格里亚斯顺从地站住）穆尔奴什昨天回家以后，到现在还没有他的消息吗？

格　我不知道，圣徒。

买　就连那个替他拿着礼品、陪他去的奴隶也没回来吗？

格　我不知道，圣徒。

买　你什么也不知道，教师。（自语般地）这个穆尔奴什，为了妻小竟忘掉了世上的一切。而我呢，仍像昨天来时那样在等待，毫无希望地等待。我还得在宫里过一夜吗？我还没和公主说句话呢！你这个人，她现在在哪儿？

格　谁呀？圣徒。

买　（恼怒地）公主。

格　在国王那里。

买　奇怪！在这个时候，深更半夜的，在国王那里干什么呢？

格　圣徒。

买　（人声地）说呀！

格　如果国王失眠，就让公主读书给他听。

买　（有几分愤怒）在他的内室？这个怪人会怎样对待公主呢？明白了，明白了。难道这就是神圣的誓言？

格　（跪下）圣徒，请圣徒开恩。公主是基督教徒，正像她同名的祖先一样，她信守着神圣的誓言。

买　（有些吃惊）你怎么知道这些事情呢？

格　圣徒，我了解公主。

买　（和蔼地）她对你说过……

格　是的，圣徒，是的。

买　（和蔼地拉着格里亚斯的手）来！你叫什么，教师？

格　我叫格里亚斯，圣徒。

买　格里亚斯，你过来，让我们谈一谈。我看你挺怕我，有些事还瞒着我，这就在你我之间造成了一道不该有的屏障。为什么我们不能彼此了解呢？如果我们彼此敞开胸怀，相互了解是很容易的。（格里亚斯凝视着买什里尼亚）你为什么这么看着我？我和你们不是一样的吗？你看我的衣服，是什么使我在你眼里成了陌生人呢？（片刻后）你坚信宾里斯卡信守誓约吗？

格　就像我坚信你是上帝的圣徒一样。

买　我们现在不谈这个……格……格里亚斯，告诉我，公主在监护人那里的举止如何？

格　（不解地）她的监护人？谁呀，圣徒？

买　这个国王呀！

格　这是一个信奉基督教的国王，圣徒。他比其他国王更虔诚，他只信奉上帝。

买　（不高兴地）我不是问你这些，傻瓜。（格里亚斯吓得低下头）我猜想，这个国王不是底格亚奴斯的后裔。

格　底格亚奴斯？崇拜偶像的底格亚奴斯？多亏上帝没使我们的国王成为那个暴君——被世代人诅咒的偶像崇拜者的后裔。

买　格里亚斯，这正是我想说的，的确，这位国王不像是底格亚奴斯家族的人，因为过去我没见过他。也许他是一个基督教的秘密领袖，带领军队两天之内一举推翻了底格亚奴斯，坐上了宝座，成了宾里斯卡的监护人。这很好。不过……入夜后，正像你所说，他还公然要求公主到他的卧室去给他读书，（格里亚斯茫然不解）但是公主呢？为什么又要答应他这样的要求呢？是害怕，还是献媚？或者是心甘情愿？就这样抛弃了我。噢，格里亚斯，格里亚斯。（抓住格里亚斯的脖子）如果我理解得不错，那么你们真是太可恶了。如果公主背弃盟约，那她也够可恶的了。我是多么伤心呀！

格　（双膝跪倒）圣徒，公主像她那圣洁的老祖宗一样信守誓约。如果算命先生还在世，你可以问问他。算命先生说："她酷像她的一个老祖宗。"

买　像她的祖宗……她的老祖宗是谁？

格　宾里斯卡，就是圣徒宾里斯卡。

买　你这是胡说些什么呀，老糊涂！

格　我说的是实话，圣徒。算命先生是在公主诞生时说这番话的。

买　什么算命先生？

格　是的，算命先生，圣徒。

买　老头子你真可怜，你去睡吧，我不需要你了。(格里亚斯挪步) 不过你听着，还有一句话，公主与国王谈完话后，晚上一定会回到她的内室去吧？

格　是的，圣徒。

买　那她当然会穿过这个大厅啰？

格　是的，圣徒。

买　好，你去吧。……我现在不需要你了。(格里亚斯出去) 我要等她整整一夜。(在大厅里走来走去。过了一会儿，他听到一阵呻吟声，声音渐近) 这是谁在呻吟？

穆　(在外面呻吟着) 买什里尼亚，买……什里……尼亚。

买　(害怕地) 谁叫我？

穆　(进来) 买……什……里尼亚。

买　穆尔奴什！(穆尔奴什穿着和买什里尼亚一样的新衣服，也像买什里尼亚那样理了发。)

穆　(步履蹒跚，痛苦地呻吟着) 买什里尼亚。

买　(走近穆尔奴什) 你怎么啦？

穆　买什里尼亚。

买　你怎么啦，穆尔奴什？

穆　(头靠在买什里尼亚的胸上) 我的儿子……

买　你的儿子怎么啦？

穆　(呻吟) 他死了……

买　(焦急地) 你说什么？

穆　(呻吟) 他……死了……

买　什么时候？

穆　他死了……

买　（片刻后）你不要太悲伤，振作一下，你告诉我，发生什么事情了？

穆　他死了……

买　穆尔奴什，你听见我的话了吗？我问你，你注意听我说，把你看见的事情告诉我，也许我能分担你的忧愁。（穆尔奴什不回答）穆尔奴什，（买什里尼亚轻轻地摇晃着他）你就这样悲观失望、毫无办法了吗？你怎能在此刻丢下你的妻子到这里来呢？也许她正需要你呢！

穆　她死了……

买　谁？她也死了？（穆尔奴什缄默）你的妻子也死了吗？

穆　她死了……

买　什么时候？怎么死的？上帝呀，你告诉我呀，穆尔奴什。

穆　买……什……里尼亚。

买　是我，你说吧。

穆　买什里尼亚，我的家眷都死了，买什里尼亚……

买　（垂下头）

穆　我的亲人都死了，买什里尼亚……

买　别难过，坚强些，穆尔奴什。他们是在大屠杀中被害的吗？

穆　什么大屠杀？

买　那么，他们怎么死的？

穆　我不知道……

买　你没有打听一下吗？

穆　谁也不知道。

买　奇怪，你的家呢？你没在家里发现一些什么痕迹吗？

穆　我的家……唉，我的家在哪儿？

买　你没有找到你的家？

穆　只找到了我家的地点，但那里已经变成武器市场了，买卖长矛盔甲。

买　真奇怪，那么是谁把你家属的死讯告诉你的呢？

穆　市场里的一个老乞丐。

买　这个老乞丐说什么？

穆　他说他从他祖先那里听到过这个名字。

买　哪个名字？你对他提起谁的名字了？

穆　我儿子的名字。

买　他怎么说的？（穆尔奴什没回答）穆尔奴什，你说话呀？上帝呀，他说什么了？

穆　死了……

买　你的儿子？他说你的儿子已经死了？

穆　他拉着我到了墓地，我看见一座倒塌的坟墓……

买　他的坟墓？

穆　我亲眼看见几行斑驳的字迹。

买　你看见什么了？

穆　我儿子的名字。还有……

买　还有什么？

穆　还有一段说明，我看不明白。

买　你说说看，你说呀，穆尔奴什。

穆　说明是：“为罗马军队赢得胜利桂冠后，年六旬献身。”

买　你是在石碑上看见的吗？

穆　是的。

买　穆尔奴什，你现在也像昨天叶姆里罕一样胡说了。

穆　这是真的。

买　可怜虫，你像叶姆里罕一样疯了，这才是事实。

穆　你不了解真实情况，我儿子是六十岁死的。

买　就算这是事实，那你今天还哭他干吗？穆尔奴什，就如你所说，你的儿子像英雄一样拼杀过，也许还当过领袖，显赫一时，光荣地度过了他的一生，六十岁时光荣献身。那你还为你的儿子要求什么呢？（对自己）他这番话与那些疯子的胡言乱语相比，可算是小巫见大巫了。

穆　可是他死了，还没有来得及高高兴兴地看看我和仆人带给他的礼物就死了。

买　可怜的人。他不是昨天才死的。他在漫长的一生中享尽了荣华富贵。

穆　我的小儿子，死时是个老年人。买什里尼亚，在这悲痛的时刻你还在取笑我吗？

买　我没有取笑你，是你自己到这里来说这番疯话的。我有什么办法？如果你现在仍然相信叶姆里罕，那么你的儿子就是在长大成人并平安地度过了他的一生，而后死去的。也许他结了婚，生儿育女，子孙满堂。而这一切都是我们睡在山洞时发生的。

穆　子孙？是谁？我的小儿子还是个等我给他买玩具玩耍的孩子。

买　真可怜呀！你只能想象你最后一次看见他时的那个模样。即使你听到了关于“三百年”的说法，也只是说说而已。数字一点儿也不能改变你小儿子的形象，这个形象已深深地印在你的记忆中。

穆　（吼叫）够了，够了，简直是一派胡言！我的儿子已经死了，现在我和这个世界没有任何瓜葛了，这个可怕的世界！是的，叶姆里罕是对的，在新生活中没有我们的立足之地。对我们来说，这些人都是陌生的，我们互不了解。尽管我们与他们的服饰相同，但这也不能把我们变成他们当中的一员。我虽然穿着新衣服，但人们从我的面容、谈吐中还是能认出来的。他们一直尾随着我和奴仆，甚至国王派来服侍我的那个奴仆也听不懂我说的话。他离我远远的，好像我生了疥疮、患了麻风病似的。整整一天，我们在城里穿梭般地询问着、查找着。绝望与希望在我的心里翻搅着。我周围的人，都不明白我要干什么。我也听不清他们说什么。只听见一片隐约的喊叫声，只看得到他们对我指指画画，叽叽喳喳地说："这就是他们当中的一个，这就是他们当中的一个！快来看呀，这就是他们之中的一个！"这个城市是托尔苏斯城吗？绝不是托尔苏斯城。买什里尼亚，我们离开托尔苏斯城和城里的居民已经三百年了。叶姆里罕没有发疯，也没有说谎。现在我才弄清了这一事实。三百年过去了，我们周围已是另一个世界，它犹如汪洋大海，把我们团团围住，水突然由淡变咸，而我们则成了不能在海水中生活的淡水鱼。

买　昨天你为什么不这么说呢？你不是曾经嘲笑过叶姆里罕吗？

穆　牧羊人是对的。

买　从何时起？

穆　买什里尼亚，我的心已经死了，买什里尼亚，我算完了。如果你曾是我的挚友，你就跟我走，跟我走吧，买什里尼亚。

买　到哪儿去？

穆　（拉着买什里尼亚的手）到我们那个世界去吧。

买　（抽回手）你疯了？

穆　你让我自己走吗？（买什里尼亚没回答）买什里尼亚，你愿意让我一个人走吗？

买　别走，留下吧！

穆　不行。

买　为什么？什么事妨碍你留下？

穆　我不能。

买　你应该留下。几个世纪前，你的儿子在度过他六十年的安宁美满的一生后死去了，而你还在为此而悲伤绝望。你居然要随他而去，你这个傻瓜，你还没尝到六十岁的滋味呢。你还是个前程远大的青年呢！

穆　（打自己的头）我是个青年——而我儿子却是个老头子！你竟傻里傻气地说出这种话来！好像不动脑子、没有理智似的。哎呀，你会把我逼疯的。

买　你要干什么？要么这些都是事实，要么都是荒诞的。山洞里那可怕的一夜在我们的脑海里留下了多么深的印象！我想，这些都不是真的。宾里斯卡还健在，就像我离开她时一样。对宾里斯卡你又该做何解释呢？穆尔奴什，你昨天也看见她了，难道她也活了三百年了吗？

穆　宾里斯卡？是的，你说得对。可是我的儿子呢？对我的儿子你又该做何解释呢？毫无疑问，这一切都是事实。你没看见城市，你什么也没看见。宾里斯卡……我的儿子……愿上帝怜悯你，我要疯了，我要疯了。

买　（捧起穆尔奴什的头）穆尔奴什，别哭！现在哭你的儿子还有什么用呢？

穆　你这个傻瓜，我没哭儿子。

买　那你哭什么？

穆　痛苦，你不懂得另一种痛苦。上帝呀，你为什么要让理智来折磨我呢？三百年！我的儿子六十岁，可我还是一个未成熟的青年！

买　穆尔奴什，别想这些了，像昨天一样生活，讥笑你所听到的一切吧！三百年也好，几百年也好，只不过是几个数字而已。把它当作没有任何意义的几个数字，就像你昨天所做的那样。难道这几个数字就能改变你对生活的感触吗？就算这都是真的，但你现在已经站在生活面前了。你还年轻，假如你得到了新的生活，难道你还拒绝它吗？

穆　新生活，新生活有什么用？单纯地活着毫无价值。没有过去、没有任何联系、没有任何缘由的绝对的生活等于什么也没有。“不存在”是没有的，所谓不存在就是绝对的生活。

买　我不同意你的见解，穆尔奴什。任何一种生活都是上帝所赐。而上帝赐给人的最珍贵的礼物就是生活。这是你昨天的看法，为什么你不回到昨天那种看法上去呢？

穆　不可能了，太遥远了。

买　为什么？

穆　昨天我和你一样。

买　穆尔奴什。

穆　因为昨天我的生活还有奔头，这就是感情。而感情是不会受时间规律制约的。当时，对我来说，几百年只不过是几个数字而已。

买　那么今天呢？

穆　死了。

买　谁死了？什么死了？仅仅属于理智所有，而理智正把我带到它的世界——时间和空间的世界去。

买　我不明白。

穆　是的，非常遗憾，你现在还不明白。

买　我知道你是一个稳重的人，不会受感情的支配而走向毁灭。

穆　（边走边用干巴巴的声音说）永别了。

买　穆尔奴什，你以为我不明白你的用意吗？

穆　是的，永别了。

买　穆尔奴什，和我住在一起吧，我需要你，你使我忘掉了自己的处境，有许多事我要告诉你，有些事我今天才知道，有些事刚刚发生。我需要你的帮助，和我在一起吧，穆尔奴什，留下吧。

穆　　我不能。

买　　（固执地）为什么？为什么不能？穆尔奴什！为什么？

穆　　我已经对你说过了。

买　　你的孩子？

穆　　（走着）永别了……你这个傻瓜！

买　　（阻拦穆尔奴什）穆尔奴什，穆尔奴什，我想弄清楚，我害怕，我从你脸上看见了令人不解的表情。

穆　　（想摆脱掉买什里尼亚走开）你现在是不会理解的。

买　　穆尔奴什，在你没告诉我之前，你不要走。

穆　　叶姆里罕早就说过了。

买　　什么？

穆　　我们是幽灵，我们不属于现在这个时代。

买　　（发抖地思索着）穆尔奴什……

穆　　我们是历史人物了，我们逃过了历史，又回到了现代，所以历史在报复我们。别了，买什里尼亚。（穆尔奴什走出，买什里尼亚茫然失措）

买　　主啊，我怕他真的疯了。（茫然，沉思着，一动不动）

宾里斯卡手里拿着一本书出现。

公主　　（经过大厅，她一看见买什里尼亚就吓得想逃走）呀，谁在这里？

买　　（急忙转过身，看着公主）你终于来了，亲爱的宾里斯卡。

公主　　（吓得瞠目结舌，塑像般地站着）

买　　我等你好久了。（公主没回答）奇怪！你就这样迎接我吗？（公主不动）你怎么了？你刚才一定不会料到这个时候能见到我吧？（沉默片刻，公主茫然若失）当然啰，也许你不愿意见到我，而且讨厌在此时此地相遇。我从你脸上看得出来，没关系，尽管这样，我却不想隐瞒：此时此刻见到你使我很幸福。宾里斯卡，我非常幸福。（公主惊讶）你为什么这么看着我？（宾里斯卡一动不动，买什里尼亚看着自己的衣服）我这个样子使你有些惊奇吧？你看我变了吗？（宾里斯卡不回答）奇怪，你不说话，一个字也不说？你没什么话要对我说吗？你还想让我像刚才那样对你有所怀疑吗？（宾里斯卡一动不动，买什里尼亚向她走近一步，有些急躁地说）说话，你说话呀！你这样沉默不语实在使我难以忍受，你说话呀！

宾　（轻声地）圣徒。

买　圣徒？你在耍笑我？（宾里斯卡沉默不语）你又不说话了。“圣徒”，你就只有这么一句话吗？我不是圣徒，亲爱的宾里斯卡，这你是知道的。你再说点儿别的吧。

宾　（惊奇地）你不是圣徒？

买　（冷淡地）当然不是！

宾　你不是昨天我在这里看到的——样子很可怕的圣徒吗？

买　你看见的那个——样子可怕的人就是我。

宾　不，你的样子并不可怕。

买　（压制着怒火，故作天真地）是吗？

宾　（看着买什里尼亚）你变成另外一个人了。昨天那个人像个老头子，至少他那披头散发的样子像个老头子，而你……

买　我怎么样？

宾　你看来很年轻，是个小伙子。

买　（痛苦地嘲笑着）太好了，你可真是了不起。

宾　为什么？

买　（恼怒地嘲讽着）因为你确实知道我是个青年，我是一个人。妙哉！我怎么也想不到你对我的了解仅仅这么一点儿。

宾　我不明白……

买　我也不明白，我所认识的宾里斯卡天真、温柔、纯洁、心地善良、忠贞不渝。我可不知道她还会装腔作势、行为乖谬、背信弃义。

宾　那么你认识我？

买　宾里斯卡，你要当心，我的忍耐是有限度的。

宾　（吃惊地）你是谁？这样对我说话。好像过去你就认识我，或者你是我的丈夫。

买　（痛苦地）谢谢你。

宾　你怎么了？（买什里尼亚不回答）我并不愿惹你生气，你这个人。可是……

买　（暴躁地）你这样对我说话，就像一个负心的、伪善的女人，无视过去的一切，并以最卑劣的方式背弃那神圣的誓约。你应该真诚坦率，把实情告诉我，而不要这样忘恩负义。公主，我什么都知道。我还没有倒下去，头上的天没塌，脚下的地没陷。我正站在你面前。我很坚强，并没有衰弱不堪。我很理智，并没有发疯。在我听到你背信弃义的消息后，你以为我无法忍受，这是大错特错了。这颗热恋着你的心没有你也能跳动，至少能跳动一两天。我自己都没有估计到会有这样的力量，我不敢说我能把那曾是我的信仰，甚至更崇高的姑娘从心里抹掉，我也不会丑化记忆中最美好的感情——使人类的灵魂更加崇高的感情。但是我可以说：在这一切过后，我仍然活着——是的，我还活着，你不是看见了吗？你看，我这不是活着吗？我还活着，还活着。

宾　（吃惊，但毫无责备之意，不知不觉地暗自喜悦）你的这番话都是对我说的吗？（买什里尼亚没回答，宾里斯卡自言自语般地）过去从来也没有人对我说过这样的话。今天只有你才这样。你是希腊悲剧中最漂亮的英雄。我在童年时背着格里亚斯曾经读过这些悲剧。

买　（佯装镇静地、冷漠地）很抱歉，公主。我讲这番话的目的只是想开脱你的责任。

宾　为我开脱？从何说起？

买　从你所定的誓约说起。

宾　什么誓约？

买　（镇静地）连这个你也忘啦？我们订婚的誓约。

宾　（悲伤地看着买什里尼亚）真遗憾，现在，我毫不怀疑……

买　（痛苦地）终于……

宾　（接着上面的话）你疯了。

买　谢谢你，公主。做个疯子比做个负心人要好得多。

宾　（平静地）难道我是负心人吗？你刚才用来指责我的所谓背信弃义到底指什么？（买什里尼亚看着她）你说话呀，让我看看你到底疯狂到了什么地步。奇怪的是你不再让我害怕。是的，我并不怕你这种可爱的呆痴。我倒很想听听你的故事。你说话呀，我是如何背信弃义的？我对谁负心了？是对你吗？

买　（镇静而遗憾地自语般地）宾里斯卡，你不是宾里斯卡了。

宾　我们不谈这些了，这是一种常见的、轻度的疯癫症。你说说背信弃义的事情吧。

买　宾里斯卡，过去你并不是这么精明的呀。

宾　（微笑着）什么时候？

买　（痛苦地）难道一切就这样结束了吗？

宾　什么？

买　就这么轻而易举地结束了？什么样的魔鬼胆敢如此！什么样的心机呀！（片刻）不，我应该慢些对你进行激烈的指控，宾里斯卡，纯洁的天使，我是否太过分了？也许你说得对，我是疯了，我允许自己对你产生了怀疑，宾里斯卡。也许这就是你的意思吧？果真如此，那该多么令人高兴呀，正是这种想法才使我获得了新生。宾里斯卡，你说话呀，因为我怀疑过你，我就成了疯子了吗？

宾　也许是吧。但是，是什么事使你这么怀疑我呢？你怀疑我什么呢？

买　（走上前去，高兴地向她伸出双手）请你原谅。

宾　（向后退）别碰我！别挨近我！

买　（顺从地站在原地）是，我有罪，宾里斯卡。我依然很鲁莽，同时……

宾　什么？你说吧。

买　忌妒。

宾　（惊讶地）忌妒？

买　（低着头轻声地）是的。

宾　（谅解地微笑着）这很好。

买　（痛苦地）因为你怠慢了我，把我的事情置于脑后。宾里斯卡，我真不知道这是为什么。从昨天起我就没见到你。我求你，给你捎口信，还在夜里等着你。有人告诉我，今天你在国王的寝室里与他聊天，为他解闷，而且在这个可疑的时候。

宾　你可真迷人呀，圣徒。

买　你又讥笑我了。

宾　如果你还是昨天那副模样、那样的须发、那样奇怪的装束，再讲这番话该是多么奇怪呀。可是我并不想对你隐讳，假如你还是昨日的样子，那我不会接近你，也不会像现在这样听你说话。（买什里尼亚恼怒了，但没答话）我惹你生气了吗？

买　谁教给你的这种腔调？怎么在这短短的几天里你就变成另外一个女人了？你的温柔、深沉的羞涩和那纤细的天使般的声音都到哪里去了？

宾　你说什么都可以，只是没有什么羞涩以及天使般的声音。圣徒，你是从哪里知道我原来是那样的呢？

买　你过去就是那样，爱情使你超越了世俗。

宾　爱情？

买　你的爱情曾经比信仰、比宗教更强烈，因为天使的信仰就是爱。

宾　天使的信仰就是爱？

买　你现在连这点儿都不知道了吗？

宾　圣徒，这是我听见你说得最好的话，我懂得你今天所说的话了。

买　（遗憾地）尽管如此，但这不是我的话。

宾　那么，是谁说的呢？

买　你。

宾　（惊讶地）我？

买　是的，正是你让我看到了爱情，懂得了爱情。

宾　什么时候？这是什么时候的事情？

买　在你还不如此精明、感情却很深沉的时候。

宾　谁对你说过，我的感情不深沉？

买　你的眼睛。过去我在你眼睛里看到的东西如今看不见了。当你的舌头不能更多地谈话时，你的眼睛会说话。当时你不像现在这么能说会道。

宾　（沉思片刻）圣徒，你给我上的这堂课好极了。如果你是格里亚斯该多好。这个教师总是用他的谎言和傻话来惹我生厌。

买　（冷淡地）我可不是来上课的。

宾　那么，但愿这是你到这个世界来所背负的使命，圣徒。你应该相信，对我们来说这使命是非常美好的。

买　（勃然大怒）这个瘟疫蔓延的世界到处都是欺骗和背信弃义。真遗憾！如果上帝的这一使命能使一个负心的女人恢复她纯洁的感情该有多好。

宾　你又提起背信弃义的事来了。（买什里尼亚看着她不语）你为什么这样看着我？你说吧，我洗耳恭听，说吧！

买　（跪下）宾里斯卡，我非常痛苦。你为什么要折磨我呢？为什么你不对我说实话，而总是讥笑我、敷衍我呢？只要你用你那真挚、深沉的声音对我说句话，我就心满意足了。你发誓，你向我发誓……

宾　我向你发誓？

买　（看着宾里斯卡颈上的十字架）是的，你以这个十字架发誓，多让人高兴呀。这是我的十字架，你一直戴着它。谢谢你，宾里斯卡。

宾　（惊讶地）你的十字架？

买　这不就是一个有力的证据吗？它证明你对我许下的诺言恪守不违。是的，我的心常常告诉我，你是清白无辜的。我对此坚信不疑。但是我要证实一下，让我今后不再产生任何怀疑。

宾　（翻看手中的十字架，自语般）我一直在注意着你的谈话，可你怎么又发起疯来了呢？

买　是的，怀疑宾里斯卡就是发疯。每当我想起这些，我就会失去理智……那好，让我从头脑中把这些想法赶出去吧……好，让我们永远不再谈这件事。现在我们谈谈别的事情吧。宾里斯卡，我向你发誓：从今以后我再也不发疯了。你能原谅我吗？（宾里斯卡默默地看着他）你为什么这样看着我？宾里斯卡，你能原谅我吗？你回答呀！

宾　（心不在焉地）是的。

买　（想吻宾里斯卡的手）我多么幸福！现在我真幸福，亲爱的，我的女神，我的未婚妻！（宾里斯卡茫然，当她觉得买什里尼亚的嘴唇触到她的手时，立刻把手缩回）你为什么不让我吻你的手？

宾　站起来，疯子！我听你说话听够了。（要走）

买　（绝望地喊着）宾里斯卡，你到哪儿去？你这么快就走了吗？你也不对我说……

宾　（回头）我对你说什么？

买　我今夜难以入睡了，如果你不消除我心中的……虽然我对你坚信不疑，但我还要你解除我的疑团。我要知道……你不要折磨我了，不要伤害我，我要知道，宾里斯卡。

宾　你要知道什么？

买　这个男人是谁？

宾　（惊奇地）哪个男人？

买　你刚才还在他身旁的那个人。

宾　我刚才并没有同什么男人在一起。纵然你可以胡说八道，但你不能侮辱我。

买　对不起，宾里斯卡，我说话粗野，我并不想侮辱你，只是担心和好奇而已。我想问问你，在你经过这个大厅之前，你在哪里呢？

宾　在我父亲那里。

买　（惊奇地）你父亲？我想知道你刚才给谁读书和谁交谈了？

宾　是啊，他就是我父亲。他一失眠就要我给他读书，直到他入睡为止。

买　（生气地）宾里斯卡。

宾　什么事使你不安？你为什么盯着我？

买　宾里斯卡，你是在耍笑我、捉弄我吗？还是……还是在欺骗我？还是我……

宾　（奇怪地）你说什么？

买　难道我瞎了？这不是底格亚奴斯，这个国王不是底格亚奴斯？

宾　底格亚奴斯？当然不是，我父亲不是底格亚奴斯。

买　宾里斯卡，你不是底格亚奴斯的女儿吗？

宾　你发疯了，我能是三百年前就死掉的国王的女儿吗？

买　（双手抱着头，像是大祸临头）那么你是谁？主啊！我几乎疯了，我要发疯了。

宾　（担心地向他伸出双手）你怎么了？

买　这个人的女儿？这个国王，主啊，这怎么可能呢？

宾　那么你原来以为我是谁呢？呀！（她突然喊了一声，因为在她脑海里闪过一个念头）是的，是这样，主啊，我明白了，明白了……

买　（抬起头）什么？什么？

宾　我明白了。我不是你所想念的那个宾里斯卡，主啊，那么你刚才说的这一切都与我无关，而与另一个人有关。

买　我不明白。

宾　你忘了，你已经三百岁了？你忘了，你在山洞里待了三百年了？

买　这有什么关系？

宾　（悲痛地自言自语）你说得对，我刚才也忘了。

买　宾里斯卡，你说什么？

宾　没……没什么。

买　看在主的面上，你说话呀！

宾　（对着买什里尼亚）她是底格亚奴斯的女儿，底格亚奴斯是异教徒，但是他的女儿却信奉了基督教。

买　是的，这是为了我呀。宾里斯卡，不是这样吗？

宾　也许是为了你吧。那么，噢，就是的，她是为了你。格里亚斯说过，她是圣徒。基督来到她梦中，给她戴上了这个金十字架。

买　这是我们到神父那儿以后我送给你的十字架，宾里斯卡，你还没想起来吗？

宾　（思索着，自言自语）是的，是的。现在我什么都明白了。

买　（期望着）那么你现在都知道了吧？宾里斯卡，你都想起来了吧？

宾　（向买什里尼亚猛转过身、果断地）你听着，你愿意仔细地听我说吗？愿意弄明白我说的话吗？

买　（完全转向她）愿意。

宾　宾里斯卡——底格亚奴斯的女儿，也就是你热恋着的未婚妻，她已经死去三百年了。

买　（不明白地）她死了？

宾　是的，她贞洁无瑕，就像你离开她时那样。她 直恪守与你的神圣誓约，她在世时总是说，她在等待，当然是等你回来。

买　（像中魔似的）我听见的是些什么话呀！

宾　她一直信守她的誓约，一直等着你，直到她五十岁死去为止。在咽气前，她要求把她抬到大厅来，好让她死在这里。为什么？你们两人原来总在这里幽会吗？你说话呀！

买　（下意识地）是的，是的。

宾　现在你都明白了吧？去吧，为她痛哭一场吧！她一定在等着你的泪水呢，再见吧！

买　（宾里斯卡想走开，买什里尼亚拉着她的衣角）宾里斯卡，你别走。

宾　（非常生气）我对你说过：我不是宾里斯卡。

买　（恳求地）你不是……这是为什么？宾里斯卡，发发慈悲吧！难道你要我失去理智吗？

宾　（生气地）你没听见我刚才对你说过的话吗？我不是你爱的那个宾里斯卡，你还要我干什么呢？

买　（像中了魔似的盯着她）主啊，发发慈悲吧！那么你是谁？我真不知道我的头是不是还长在肩膀上？

宾　（紧锁眉头）我很像她，但我并不是她，你仔细看看，清醒清醒吧！

买　（不相信地盯着她）你不像她！像谁呀，宾里斯卡？

宾　大家都用她的名字称呼我。

买　（似乎有些明白）主啊！

宾　没有人告诉你有关算命先生的事吗？我出生时，人们把算命先生找来，给我算了命。

买　（似乎想起来了）算命先生？

宾　算命先生预言，我长大以后，会酷像底格亚奴斯的女儿——圣徒宾里斯卡。因此，才叫我宾里斯卡。

买　是的，算命先生，我好像听说过这样的事。在哪儿？什么时候？

宾　现在你总算看清楚事实真相了吧？

买　（长时间地看着宾里斯卡）你不是她？

宾　不是，我不是她，你走吧，你还在这里等什么呢？你的心思已经不在这里了。

买　（仍旧看着宾里斯卡）我的心思不在这里？

宾　（久久地看着买什里尼亚，然后低声说）永别了。（走出去）

买　（像疯子一样，把双手伸向宾里斯卡）宾里斯卡，我亲爱的，来吧……你就是她。上帝啊！你不是她，不是她吗？那么，你是谁？我是在做梦吗？我还活着吗？我做了一场乱糟糟的噩梦。主啊！主啊！基督耶稣啊，赐给我理智吧，赐给我光明吧，或者让我死去吧！清醒、睡梦、理智……穆尔奴什，你在哪儿？穆尔奴什！我们在什么地方？我们现在在什么地方？我这是在洞里做梦吗？是在洞里做梦吗？还是醒着？难道我在洞里？这些柱子是什么？（在大厅的柱子当中摸索着）穆尔奴什，到我这里来吧！叶姆里罕，我们没法活下去了。我们没法适应这个时代。我们都已失去了理智，我们没法活下去了。

买什里尼亚要出去，撞上了进来的格里亚斯。

格　（揉着眼睛，目送着走出去的买什里尼亚）圣徒怎么了？圣徒为何如此激动？

宾　（慢慢地走回，用眼睛寻找着、低声自语）他走了？

格　殿下，您还没回寝室？

宾　我不想睡。

格　我原来坐在国王门口的凳子上恭候您，可是我打了个盹儿，没看见您出来。

宾　（并未注意格里亚斯的话）格里亚斯。

格　殿下。

宾　（片刻后，犹豫地）格里亚斯。

格　（走近她）殿下，您有何吩咐？您怎么啦？

宾　不，没什么，你想睡，就去睡吧。

格　您一个人留在这里吗？夜深了。

宾　是的。

格　（看着她）您怎么了，殿下？我从来没看见过您这个样子。

宾　你看我怎么了？

格　我也搞不清……可是……

宾　格里亚斯，我要告诉你，告诉你一件事情，一件可怕的事。

格　主啊！殿下，您说吧。

宾　一瞬间，我找到了，又失去了。

格　殿下，您找到了什么？

宾　然而又失去了，应该失去……永远地失去。因为这是疯症，太可怕了！

格　您得到了什么？

宾　我的梦。

格　您的梦？什么梦呀？殿下！（片刻）是的，我想起来了，您昨天告诉我，您做了一个梦，一个可怕的梦。

宾　你呀，你这个傻瓜！你走吧，你对我毫无用处。

格　殿下，别在意，别太相信梦，尤其是像您这样年纪的人的梦——年轻人的梦无奇不有。

宾　（不悦地）青年人的梦无奇不有？（沉思，并自言自语）是的，这次你说对了。

格　您不是梦见您被活埋了吗？难道您相信这样的梦吗？

宾　（被格里亚斯的话提醒）什么？是的，多么离奇的相遇呀！我昨天夜里确实看见了，是的，格里亚斯。为什么不可能？梦里的情景已经成为现实了。

格　（担心地）您这是什么意思？殿下！

宾　没什么，你去吧。

格　我不明白，殿下，这是我第一次没听懂您的话。您今天的谈话完全像圣徒们所说的话。

宾　格里亚斯，你不要小看那些圣徒。

格　上帝不容，殿下，上帝明察，我唯命是从。但是我想说，圣徒们在天上，比降临到我们这个世界要好。

宾　格里亚斯，他们的降临只是为了使我们和他们一起升天。

格　殿下，这是莫大的荣幸。不过只有个别人才能获得这种幸福。

宾　（悲伤地自语）你说得对。（片刻）那么我们不应对此抱有奢望吗？

格　虽说如此，可谁知道呢？算命先生不是说过您很像圣徒宾里斯卡吗？上帝绝不会白白地使你们如此相像的。

宾　（不安地）你呀，你这是什么意思？

格　殿下，我的意思是说，您可能成为老公主的继承人。

宾　她的继承人？继承什么？真可怕，格里亚斯，你疯了？我宁愿受刑、去死，也不愿做这种可怕的事情。

格　可怕的事情？求主宽恕！

宾　你不觉得这可怕吗？啊！可是你这个人什么也不明白，你去吧。

格　求主宽恕殿下，我希望殿下能使主喜悦，得到主的保护。我很高兴，因为刚才圣徒买什里尼亚又一次要求见您，非常迫切地要求。

宾　（低头）是的，我知道他是为谁而这样急不可待。

格　殿下，您见到他了？为此，我曾在国王门前恭候您。我希望，他没有使您受惊。

宾　我看见他了，他并没使我受惊，遗憾的是……

格　他对您说了些什么？

宾　（克制着自己的激动）他对我说了很多事情，很多，当着我的面……

格　（看着宾里斯卡）您哭了，殿下？

宾　他说：圣徒宾里斯卡感情深沉，而我则不是；她有着纤细的几乎听不见的天使般的声音，而我却没有；她温柔、纯洁、羞涩、美丽，而我则不然……

格　这怎么可能呢，殿下？买什里尼亚认识她吗？

宾　（生气地）住口！走开，你这个十足的白痴。买什里尼亚爱宾里斯卡，宾里斯卡也爱他。买什里尼亚是她的未婚夫，宾里斯卡是他的未婚妻。他们之间有山盟海誓，她和上帝倒没有什么誓约，白痴！宾里斯卡一直等待买什里尼亚，足足等了一辈子。而绝不是等待基督耶稣，也正是买什里尼亚把这个金十字架送给了她。

格　真奇怪，是这位圣徒买什里尼亚？

宾　是的，这位英俊青年正是我那位早已逝去的老祖宗的未婚夫。世上任何人他都不爱，只爱宾里斯卡。你去吧，教师，去睡吧。我要一个人安静一会儿。

格　（想起来）是的，神父的书中曾提到过，他俩是同一时代的人，在底格亚奴斯的统治下生活。

宾　我已经对你说过了，你走吧。

格　（走开）我走，公主。（格里亚斯出去，只留下宾里斯卡，她把脸对着圆柱）

买　（又转回来）

宾　（她感到了买什里尼亚的到来，于是转过身，面对着他）你为什么又回来了？（买什里尼亚沉默不语）难道你还没有明白刚才我对你说的话吗？我不是她。

买　（低声地）我明白。

宾　那么你为什么又回来了？（买什里尼亚沉默不语）你这个人，你倒是说话呀！

买　我不能离开这个地方……

宾　是呀，过去你们常在这里幽会，离开有纪念意义的地方内心是很痛苦的，是吧？

买　（悲伤地）也许是吧。

宾　那么你到此地来是想寻找她留下的痕迹，聊以自慰吧？

买　谁的痕迹？

宾　你心上人的痕迹呀！

买　她没有死。

宾　你这是什么意思？

买　是我死了，她……

宾　你为什么这么看我？你这个人要小心！你想在我的身上找到她的

影子，使我变成酷似她的一尊雕像？我绝不允许你这样做。

买　但愿你是一尊雕像，可你现在却是活生生的一个人。

宾　真可怕！你离我远些！

买　你不要害怕，我并没有忘记我们之间已相隔三百年了！

宾　真怕你把我和她混淆起来。你不是在看我，而是从我身上看她。对你来说，她并没有死，而我却死了。你这个人，你马上离开我，离开这里。

买　（绝望地）宾里斯卡，宾里斯卡！

宾　住口！你不要像过去呼唤她那样来呼唤我。你这个人——我们之间没有任何关系，你对我应该保持应有的尊敬，不然，你就出去。

买　请原谅，这是……绝望……

宾　还有什么？那你为什么还留在这里？

买　你说得对，我留在这里……是不可能的……

宾　是的，如果你这样盯着我的脸，请你相信，我将不让你看到这个形象，我将打碎这尊雕像。

买　你现在说这种话还有什么用？你我之间没有任何关系。

宾　更谈不上彼此之间灵魂的接近了。

买　是的，是的，在我们之间有一条鸿沟——三百年的鸿沟。

宾　还有一件事，你刚才说的我永远也不会忘记：一个有着天使般的声音，深沉的感情，美丽、温柔和纯洁的心灵的女子。那么，你到她那里去吧。这个时代没有像你所说的，什么心灵的纯洁、感情的深沉、天使般的温柔，等等。你所爱的一切都已不复存在。

买　（茫然失措）宾里斯卡。

宾　我已经对你说过，我讨厌听到这个名字。

买　但是，这是你的名字呀！

宾　真倒霉！但愿我有另外一个名字、另外一副面容。

买　果真如此，我就不会找到你，我的命运就和叶姆里罕、穆尔奴什的命运一样了。

宾　我对你说过，你不是找到了我，而是找到了她。

买　（有些喜悦）是的，我找到了她。

宾　（克制着自己的激动）是的，你找到了、看见了、爱上了有关她的一切：名字、容貌。至于我的一切……与你有什么关系？你高兴，因为你找到了她……

买　是的，我找到了她。

宾　（擦拭情不自禁地流出的眼泪）

买　你哭了？

宾　你出去，我请求你。

买　（高兴而又不知所措）真奇怪，我没见过你哭！

宾　你是没见过她哭。是的，因为天使是不哭的。她弱不禁风，经不住啼哭，一滴泪可能会毁掉她的玉体。

买　那么，你为什么哭呢？

宾　我没哭。

买　我明明看见你流泪了。

宾　你是个瞎子，你看不见……

买　（天真不解地）也许是吧，我承认，直到现在，我什么也没看见，什么也不能理解，就像一个被强光——梦幻世界里射来的强光——照瞎了眼睛的人。纵然我看到听到了许多惊人的事情，但对我来说如同微笑、和风，不留痕迹地过去了。什么三百年，有什么证据可以证明你不是她？一旦揭示出你是另一个女子，我将经受怎样可怕的悲痛。我们之间隔着一道鸿沟，所有这一切我都不在乎了，因为现在我生活在现实中，我在这里很幸福，我的心已经在这里了！

宾　（走动）那么你就留在这里吧。

买　（害怕地）你呢？

宾　这和你有什么关系？

买　（绝望地）你不要走，你不要这么快就走开，你别走……

宾　你要我干吗？你应该清醒了，是时候了，你应该看清楚了……

买　我不要看，我现在不想看，对我来说，看就意味着死亡，你想让我死去吗？

宾　我要是你，我就到乐园去找她。

买　我现在就在乐园，和你一起在乐园。

宾　（痛苦地）在你幻想的乐园里，疯子！

买　（哀求地）宾里斯卡，不要抛弃我，不要丢掉我，不然，我会跌到火狱里去的……

宾　（从脖子上取下金十字架）我给你一件东西，可以使你不至于跌入火狱里……给你这个金十字架。

买　这个金十字架是我送给你的。

宾　（把十字架递过去）这是你送给她的，由我把它还给你，它不属于我。

买　它是属于你的。

宾　今后我的胸前再也不能佩戴这个十字架了。它像一条咬人的蛇，我的身体一触到它就会发抖。

买　你在吓唬我。

宾　（指着买什里尼亚的手）三百年前，不正是这只手把这个十字架佩戴在她胸前的吗？

买　三百年？

宾　你那双年轻的臂膀是否搂抱过她那杨柳细腰呢？

买　你说什么？

宾　真遗憾，你那双唇依然很美丽。谁知道，也许这双唇……

买　住口！

宾　你怕什么，我那老祖宗的未婚夫？

买　这……太可怕了。

宾　如今，这双手几乎又要抚摩我的身体了。这双臂膀，还有……

买　够了，够了！

宾　（指着自己的身体）是的，我那老祖宗的情人，你看看，这身段，你可知道她的年龄？她正在二十妙龄。

买　（双手捂着脸）你说的……太可怕了。

宾　你看见了吗？只要我们仍生活在感情的世界里，我们就只能看到光明，也就是你所谓的光明。

买　是的，是的。

宾　我们本应该想到物质的躯体，回到理智的世界里来，等待着我们的是人间的可怕和不幸。

买　是的，永别了。我不敢正视我现在的灾难，我不敢触动压在我身上的重负。穆尔奴什和叶姆里罕也不能减轻我身上的重担。你我只有一步之隔，你我分手不到一夜时间，这一步之隔却犹如无涯的大海，一夜之间几个世纪过去了。我把手伸向你，你还是那么美丽，活生生地站在我面前。忽然，一个可怕的庞然大物横在我们中间，它就是历史！是的，穆尔奴什是对的。我们的时代已经过去，如今我们已是历史人物了。我们要回到现实中来，历史是无情的……永别了。

宾　（久久地望着他离去，直到消失，她才深沉地低声说）永别了，买什里尼亚！

第四幕

场景同第一幕场景：拉格姆山洞里，叶姆里罕、穆尔奴什和买什里尼亚都像死人、像快断气的人一样躺在地上。那条狗——根吐米尔蜷缩在他们身边……一片寂静……

买　(声音微弱地) 穆尔奴什！(没有回答) 叶姆里罕，(没有回答) 我快死了，我知道我快死了。(听不到回答，沉默片刻) 穆尔奴什，我们在哪儿呢？我们在山洞里……我们还没离开山洞吧？我们还在洞里吗？穆尔奴什？(没有回答) 过了一天还是几天了？(没人回答) 叶姆里罕，你出去带回来的食物呢？我饿了……我太虚弱了，我快死了。(没人回答) 不！不是饥饿，而是这里的空气，我快要憋死了，这个地方快把我憋死了。我们躺了很长时间，睡了很久了。起来，你们这两个蠢东西！我做了许多可怕的梦。(没人答话，于是他站起来，摸索着寻找穆尔奴什，然后用手摇晃穆尔奴什) 穆尔奴什，穆尔奴什。

穆　(声音极微弱地) 哎呀，谁？

买　　我是买什里尼亚。

穆　　放……放开我，

买　　你怎么了？病了？

穆　　它……它正向我们靠近……

买　　谁？什么？

穆　　船。

买　　什么船？

穆　　它将要载着我们到……到我们应该去的地方……

买　　不，穆尔奴什，没有船来，我们应该用我们的双脚走……我们睡的时间太长了，现在我们应该出去了……

穆　　出去？

买　　是的，出去。大屠杀肯定完了，底格亚奴斯也息怒了。

穆　　主啊，这难道是死前的胡言乱语吗？

买　　是你在说梦话，因为你在说船，也许你太虚弱了，我也有同感，我觉得我的两只脚都支撑不住了。尽管如此，我们还是要离开这个地方。我做了许多可怕的梦。

穆　　什么？

买　　是的，穆尔奴什。在梦里我仿佛看见一些奇形怪状的人走进山洞，把我们带进了王宫，我们看见宫里的一切都变了，国王已经不是底格亚奴斯了，托尔苏斯城也完全变了。真使人伤心呀！甚至宾里斯卡，当我们见面时，她都不认识我了。她佯装说她只是像宾里斯卡，而并非宾里斯卡本人。另一个宾里斯卡终生未嫁，已经在三百年前死去了，她还说我们已经活了三百年了。

穆　　（喊叫）唉……这是梦吗？

买　　一场可怕的梦。

穆　　这是梦幻还是真情？

买　　真情？

穆　　是的，我们真的出去又回来了。

买　　什么时候？你又在说胡话，可怜的人？

穆　　是你，是你在胡说。

买　　为什么？难道你的话是在清醒的时候说的吗？我们已经活了三百年了？难道宾里斯卡不是宾里斯卡本人吗？这都是些什么胡言乱语？这难道是一个正常人能够想象得到的吗？

穆　　你看到的，我也亲眼看到了，难道我也在做梦？

买　　你梦见什么了？

穆　　正像你所说的，那些人都进来了，城市完全改观了。我的亲人，可叹呀，我的家已经变成了武器市场。三百年前我的儿子在六十岁的时候死去了，我亲眼看见了他的荒冢。

买　　你的小儿子六十岁时死了，可你还不到四十岁，难道这不是梦话吗？

穆　　是呀……不，主啊，我究竟是在做梦，还是醒着呢？

买　　这是梦，可怜的人！

穆　　那么我的儿子还活着，就像我离开他的时候一样？

买　　是的……宾里斯卡还是我的未婚妻，她一旦看见我，就会投向我的怀抱……

穆　　他们两人还活着……我不相信……为什么不相信？我们并没有离开山洞，怎能转瞬间就过去三百年呢？但是，不……是的……主啊，发发慈悲吧，我什么都分不清了。

买　　你要相信，这一切都是梦。

穆　　让我们问问叶姆里罕。叶姆里罕呢？（叶姆里罕不回答）叫醒他！

买　　（摇了摇叶姆里罕）起来，牧羊人。（叶姆里罕动了动，呻吟着）醒一醒！

叶　　（声音微弱地）我……在哪儿？

买　在山洞里。
叶　我还没有死？
穆　叶姆里罕。
叶　谁？谁在叫我？
穆　叶姆里罕，这是做梦，还是醒着？
买　叶姆里罕你回答呀！我们真的从这里出去过吗？
叶　我这是听见了些什么呀……
买　我们三个人，还有卧在我们旁边的根吐米尔一直在睡觉。
叶　耶稣基督呀，这是在做梦？
买　你也看见了？告诉我们，你看见什么了？
叶　主啊！
穆　叶姆里罕，你说话呀！
叶　那么，他们真的没进来，没领我们去王宫吗？
穆　你也看见这些了？
叶　我看到的更奇怪、更可怕！托尔苏斯城不是原来的样子了，而是另一个世界、另外一代人。我不能生活在这个世界，我和我的狗——根吐米尔都不能在这里生活。
买　奇怪！
穆　买什里尼亚，我们能做同样的梦吗？
叶　这难道是梦吗？穆尔奴什、买什里尼亚，我们真的没出山洞？我在城里看见的那些可怕景象都是梦幻吗？
穆　买什里尼亚，我们三个人能做同样的梦吗？
买　为什么不能？我们在同一个地方，在同一个环境，被同一个思想支配着。
叶　（高兴地）那么，原来都是梦！如果我们现在出去，我们就能找到我们能生活的那个世界。

穆　（兴奋地）真高兴呀，我的儿子还活着，他正在等着礼物和玩具！

买　宾里斯卡……真可怕！我在梦里看见的事吓得我心惊肉跳。在梦中，宾里斯卡变成了我的孙女，那样一来，我的手就不能伸向她的身体了，太可悲了。身子……身子……我记得这句话。这是她说的带有威胁性的话。我立刻明白，我们之间有一条鸿沟把我们彼此隔开了。于是我失望地逃回山洞，想饿死在洞里。

穆　是呀，我们俩也是逃回山洞想在这里饿死的。

叶　耶稣基督呀，是的，是这样。

买　但愿这都是饿昏了说出的胡话。我们为了逃避底格亚奴斯而跑到山洞躲藏起来以后，一直在睡觉，一点儿东西也没吃过……

穆　饿昏了？可我记得我们曾派叶姆里罕到城里去买过食物。

叶　是的，是的。

买　这也是胡话？

叶　我是出去了，我碰到个怪模怪样的骑马的猎人。主啊，是的，这也是胡话。

穆　梦幻……胡话……现实？主啊！我分不清楚了。

买　这是梦，就像真的一样。

叶　清清楚楚的，就像真的一样。

穆　买什里尼亚，买什里尼亚，你怎么知道是梦呢？

买　如果我们看见的不是梦，那么我们现在就是在做梦！

穆　为什么我们现在不是在做梦呢？

叶　是的，是呀，主啊！什么是梦和现实的绝对界限呢？我的脑子都乱了，仁慈的耶稣基督呀！

买　你们俩是否要说：我们实际上已经活了三百年了呢？

穆、叶　三百年！

买　梦，只有在梦中，人对时间的流逝才没有感觉，才能活几百年。

穆　　你说得对，买什里尼亚。

买　　我祈求上帝，但愿这是梦。不然我就永远失去宾里斯卡了……

穆　　是的，真高兴，我……也一样。

叶　　我也是一样。那么我的羊群仍在原地吃草啰！

买　　（片刻后，用迷惑不解的沉思语调）但是，穆尔奴什……

穆　　什么，什么？

买　　但是，这是多么甜蜜的梦呀！

穆　　甜蜜的，你说什么？

买　　我从来没见过宾里斯卡像我在梦里见到的那样美丽、聪颖。她手里拿着一本书，她的谈吐显得那样知书达礼。这很奇怪，宾里斯卡原来是很天真幼稚的，我偷偷地给她读过《圣经》，她几乎什么都听不懂。而在梦中她却变成了一位聪慧、高雅的女子了。她多美呀，是的，她真漂亮呀，穆尔奴什，穆尔奴什……

穆　　你怎么了？

买　　穆尔奴什，我怕是……我已经爱上了梦中的宾里斯卡了。

穆　　你胡说些什么呀？

买　　（兴奋地长叹一声）在梦里，人和事都变得多么美好呀！

穆　　但在梦中，人和事也会变得丑陋不堪的。

买　　是，是的。梦里，宾里斯卡成了一个陌生人，和我毫无关系。说什么她像宾里斯卡呀，她是她的孙女呀，等等。这一切都是梦的艺术把现实丑化了。是的，穆尔奴什，有时梦就像艺术一样，不是真实地反映现实，而是巧妙地把现实变得完美无缺，或者变得丑陋不堪。

穆　　你说得对，这种艺术使人和物比原来更崇高了，我看见的那些人好像都称我为“圣徒”。

买　　奇怪，我也看见了。

穆　我宁愿认为这是真实的，而不把它贬低。

买　我也是这样。但是……遗憾的是，她要是真的那么漂亮聪明该多好！她可真漂亮呀！穆尔奴什，你要是看见她就好了。她多美呀，她还说话，她穿着奇怪的衣服，但是这衣服很好看，我也穿上了这种奇怪而又好看的衣服。

叶　（痛苦地呻吟着）啊！

穆　谁这么叹气？叶姆里罕吗？

买　叶姆里罕你病啦？

叶　（像临终时的呻吟）没病……而是……

买　是饿的，我也觉得十分虚弱。为什么我们不派一个人替我们买些吃的呢？

穆　对，他还可以替我们打听打听消息，叶姆里罕你去吧。

叶　啊，耶稣基督，发发慈悲吧！

穆　你怎么了，叶姆里罕？（叶姆里罕呻吟着）

买　我们都像你一样地虚弱。你起来呀，站起来，去吧，买些东西吃，使身体康复起来。

穆　是呀，叶姆里罕！起来，站起来呀！

叶　（想站起来）啊！我会站起来……我……啊。（站在地上，像人临终前抽气）

买　叶姆里罕，叶姆里罕。

穆　（恐怖地）我听到人倒下去的声音。

买　（害怕地小声说）这是谁在抽气，叶姆里罕？

叶　我……要死了。

买什里尼亚、穆尔奴什被可怕的沉寂包围着。

叶　　（片刻后）永别了！我求上帝和耶稣基督给我做证：临死我还不知道我是在做梦还是在现实中。

沉默。

穆　　（片刻之后）叶姆里罕。

买　　（片刻之后）叶姆里罕。

沉默，无人回答。

穆　　他死了……

买　　（害怕地低声说）是的……

穆　　（沉默片刻后）买什里尼亚，盖上他的脸吧。

买　　用什么盖呢？

穆　　你从我衣服上撕一块，我快闷死了。

买　　（声音异常地）我也快……闷死了……

穆　　（摸着自己的衣服喊叫）买什里尼亚，买什里尼亚！

买　　什么事？

穆　　买什里尼亚，我的衣服！

买　　你怎么啦，穆尔奴什！

穆　　主啊！买什里尼亚，你看看你的衣服！

买　　（片刻后、恐惧地）穆尔奴什，是的，是的，我明白了，明白了，真可怕呀，这可能吗？

穆　　买什里尼亚，这是梦里穿的衣服呀！

买　　是的，穆尔奴什！

穆　　这说明什么呢？

买　　我不知道，主啊！我害怕。

穆　　现在……没什么可怀疑的了……

买　　（害怕地）你指的是什么，穆尔奴什？

穆　　这确实是在清醒的时候发生的事。（买什里尼亚不语）这是事实。（买什里尼亚仍不回答）什么事使你这么烦恼？

买　　这都是事实？

穆　　你在折磨自己，可怜的人，至于我，我知道这些事以后并不烦恼。我回来就是等死的。因为我的感情已经死了。只有你，还让我们幻想这是梦。你可以欺骗我们的理智，但感情却不会受骗，因为我的感情早已死去……

买　　（呻吟）穆尔奴什！

穆　　你得承认，可悲的人，你不是为死而回来的。

买　　是的，穆尔奴什！

穆　　那么，是谁告诉你这些幻景的呢？

买　　我承认，我的心没有死。

穆　　是的，心是一切梦幻和希望的源泉，你还盼望什么呢，你这个幽灵？

买　　没什么了，我不再盼望什么了……我回来是因为失去了生活的希望。但是……现在我觉得我正在热恋中，穆尔奴什。全部感情都倾注在她身上了。

穆　　你正在热恋着？

买　　不管是不是她，我爱……在现实中看到的那个手拿书本的女子。

穆　　买什里尼亚，你疯了？

买　　我没疯，我是个青年，我有一颗年轻人的心，一颗充满活力的心。你怎能让我把这颗心和我自己的一切活活地埋葬呢？只要我所爱的人还活着，就没有任何东西可以把我们隔开。

穆　　但是，有一样东西却把你们分开了。

买　　光阴？

穆　　（威严可怕地）是的。

买　　（绝望地）啊……穆尔奴什，发发慈悲吧，我要活，可怜可怜我吧，穆尔奴什，我要活下去！

穆　　你会活下去的。

买　　（高兴地）真的吗？穆尔奴什，我能活下去吗？

穆　　是的，活在历史上。

买　　（绝望地）啊……

穆　　和时间抗衡是徒劳的，以前，埃及想用青春与时间抗衡。正像一位从埃及回来的将领对我说过的那样：在埃及没有一座雕塑是象征老迈和衰败的。所有的雕像，无论是神、人还是动物都是年轻的，但是，就在埃及十分年轻，并将永葆青春年少时，只要时间一到，就要给它带来灭亡，把它置于死地，买什里尼亚，（买什里尼亚不语，片刻后，穆尔奴什用微弱的声音）谈话耗尽了我的力气，我觉得我全身冰凉。我们忘记了，几周以来，我们一直走在通向死亡的道路上。（买什里尼亚沉默不语。穆尔奴什沮丧地说）买什里尼亚，你为什么不回答我？

买　　你让我干什么？

穆　　（声音微弱地）你听我说……不要想入非非。

买　　我什么也不想。

穆　　（绝望地）你要明白：你是一个死人。

买　　我明白……

一片沉静。

穆　（半呻吟地）买什……里尼亚……（买什里尼亚不作声）我要去了……买什……里尼亚……

买　（自言自语地）光阴？什么是光阴？

穆　（临终前）买什里尼亚，把……我的左手……放在叶姆里罕的手里……（买什里尼亚吓得目瞪口呆）可怜的人……死了……他不了解实情。可是……难道我们就了解实情吗？

买　你这是什么意思，穆尔奴什？

穆　梦……我们在做着时光的梦。

买　时光？穆尔奴什？

穆　是的，时光使我们做了南柯一梦。

买　梦后就把我们毁掉？

穆　只有那些值得纪念的人，才会留在历史的记忆中。

买　历史？

穆　是的。

买　（不安地）这就是我们死后所能得到的一切吗？这就是另一个世界的一切吗？

穆　是的。

买　（忐忑不安地）穆尔奴什，那么，你不相信死后复活吗？

穆　傻瓜！我们不是亲眼看见复活的破产了吗？

买　上帝宽恕！你活着是个基督徒，难道却要像异教徒一样死去吗？

穆　（用很弱的声音）是的……现在死了……

买　无信仰地死去？

穆　无信仰，不信仰任何东西。没有思想，没有感情。没有信仰，赤身而来，赤身而去……

买　愿上帝饶恕你这个不幸的人。

穆　买什里尼亚，（买什里尼亚对他视而不答）我的时间到了……把你的……手……放在我的……右手上……

买　　我不能把我的手放在一个异教徒的手上。

穆　　那么……（买什里尼亚默默地看着他死去）永别了……（穆尔奴什咽了气，沉寂）

买　　（片刻后）穆尔奴什……（穆尔奴什没回答）穆尔奴什，我的朋友，我的兄弟。（听不到回答）他死了……穆尔奴什，（眼望上空）上帝呀，宽恕他吧！穆尔奴什太失望了，他失去了感情，对他自己所说的话并不领悟。（一片沉默）现在只有我和这条牧羊人的狗啦。叶姆里罕去了，他没有想起他的狗。（喊叫着）根吐米尔，根吐米尔！（没有回答，只有回音）也许它也死了。它蜷缩着，没有一个人注意它，可怜的狗，它也没能抗住饥饿。（沉默片刻）它也走完了它的一生，像一个映在墙上的狗的影子一样。（片刻）根吐米尔和它的影子有什么区别？（思考片刻）上帝呀，恐怕穆尔奴什是正确的。（又思考了一会儿）不，绝对不是，穆尔奴什没有观察力。我们不是在做梦，不，时光才是梦。至于我们呢，则是真实的。时光是消失的影子，而我们却是长久存在的。时光是我们的梦，我们让时光成为梦幻。时光是我们梦幻中的产物，是我们直觉的产物，没有我们哪有时光！我们所具有的力量就是理智，理智不仅是我们有限肉体的组织者，也是衡量事物标准的组织者，是它创造了时间的标准。但是，我们还具有能够摧毁这一切的另一种力量。我们不是在一夜之间就生活了三百年吗？我们不就是以此而摧毁了一切界限、标准和距离的吗？是的，我们是能够把时光一笔勾销的。是的，我们战胜了时光。（片刻）但是……遗憾呀！宾里斯卡，那么是什么阻止了我与她的相会呢？是时光？是的，是我们摧毁了时光……但是，正是时光又把我们摧毁了……光阴在报复，现在它把我们像可怕的幽灵一样赶走了。它宣布：它不承认我们。它判决：我们被驱逐在它的王国之外。上帝呀，你看见了吧，我们与光阴之间这场搏斗是以它的胜利而告终的。（片刻后，精疲力竭地）啊，我累了，我说话说累了，我思考累了。我活够了，更不愿意做梦了，这不是生活，这是噩梦。那么，让我们回到现实中去，回到纯洁美好的现实中去。是的，现实不能如此动乱，那里不可没有真理。（片刻后）我向上帝保证：我要虔诚地死去。我向耶稣基督保证：我坚信复活，因为我有爱情。（沉默）

片刻后，宾里斯卡出现，格里亚斯尾随而至。

宾　（害怕地僵立着）格里亚斯，我好像听见这里有声音。

格　不可能，殿下。他们都成僵尸了，正像你看见的那样。他们滴水不沾被囚禁在这里，已经有一个月了。

宾　有一种像临终时咽气的声音。

格　也许是我们进洞时的回音。

宾　格里亚斯，你准备好做我让你做的事了吗？

格　殿下，我恳求您三思而后行……

宾　格里亚斯，一个月来我听腻了你的恳求，我现在要知道：行动的日子到了，你准备好了没有？

格　殿下，我随时准备把自己短促的一生贡献给您。

宾　没有任何人看见我到这里来吧？

格　没有，殿下。但是……

宾　什么？

格　国王……他马上就要随着队伍出来了。在宫中他会找您，让您和他一起出来，这是一个宗教盛会，而您又是主张举行这一盛会的。

宾　是群众，他们颂扬圣徒。

格　殿下，您不是催促国王为圣徒们修建一座教堂吗？

宾　还有呢？

格　当人们庆祝封闭洞口为教堂奠基时，要求您站在他身边。

宾　我已经把事情安排妥当了，我装作生病。（一片寂静，在寂静中听到临终前咽气的声音。宾里斯卡害怕地）格里亚斯，你听见了吗？

格　什么，殿下？

宾　主啊！难道这里还有生命吗？（犹豫不决，然后向前迈了一步）

格　您到哪儿去，殿下？您不要走……

宾　你放开我，让我去，买什里尼亚。（她上前，在尸体中寻找着）

买　（用低弱的声音）宾里……斯卡……

宾　（狂喜地）你在叫我，你还活着，你还活着？买什里尼亚，买什里尼亚，你不能死，你不能死……格里亚斯，快！拿点儿水，一点儿牛奶、食物。快，快！我恳求你，我恳求你。（格里亚斯迅速地跑出去）

买　（慢慢地、吃力地）没用了……

宾　你要活下去，为了我活着，你不能死，我爱你。

买　时……光……

宾　时光？什么都不能把我们两人分开，感情比时光更强更有力。

买　我又在做梦？一场幸福的梦？

宾　这是真的，买什里尼亚，是永恒的现实。我是宾里斯卡，不管我是不是真的宾里斯卡，谁知道，我也许正是她。我和她如此相像并非偶然。而我们两人的相逢也绝非巧合，我们相逢在这一时代。你是为我而复活，我是为你而再生。这是另一种复活……站起来！你醒一醒……活下去……

买　多么幸……福。

宾　坚强些，买什里尼亚，你坚强些。

买　（奋力地）是的……我不想……我不想死……主啊，救救我吧……这是……幸福……我们战胜了……时光，感情战胜了时光。（他精疲力竭）

宾　（双臂抱起买什里尼亚的头）是的，是感情战胜了时光，买什里尼亚，站起来！我从第一次和你谈话以来，好像三百年前就爱上了你，我将千秋万载地爱着你。看在上帝的面上，你站起来呀，坚强些，坚强些。

买　太遗……憾了。

宾　（俯身在买什里尼亚脸上，看着他）时间错过了吗？你想痛哭又哭不出来；没关系，让灵魂安静下来吧，什么都没结束。

买　宾里……斯卡……

宾　睡吧，亲爱的买什里尼亚，什么都没有结束。

买　再见……

宾　是的……再见。（她温柔地把买什里尼亚的头放在地上，低着头无声地哭泣着）

格　（拿着一个什物，急速地进来）这是一罐牛奶，我从洞外一个盖房子的人那里偷来的。（宾里斯卡不语）殿下，您怎么啦？（宾里斯卡一动不动，教师回头向着尸体）主啊，晚了。

宾　（用几乎听不到的哭腔）是的……

格　（无声地看着宾里斯卡和买什里尼亚，不敢说话。最后才说）殿下，您落泪了？殿下，您到这里来了，可是他几星期前就死了。

宾　但愿我看见他时，他已经死了……

格　一切都完了，现在伤心落泪又有什么用？

宾　我不是为自己落泪，格里亚斯……你是知道的，我不愿意在他活着的时候到这里来，为此，我故意拖了一个月。我不是告诉你了吗，我们不能在这个世界、至少是不能在这个时代相爱。

格　那么，您为什么哭呢，殿下？

宾　啊，格里亚斯，如果你能感觉到、能明白就好了。残酷呀！我为这闪电般出现又闪电般消失的幸福而哭泣，为刚才那个令人揪心的场面而哭泣。买什里尼亚曾与死亡搏斗过，他控制了生命，坚持活着，他的灵魂胜利了。在那瞬间他的灵魂得到了幸福，他满怀重逢的希望咽了气。是的，买什里尼亚，我亲爱的，再见吧，这里是不可能的。在另一时代中再没有任何东西可以使我们分开了。

格　另一时代？

宾　是的，或在另一个世界。

格　您说得对，说得对，殿下。对您的虔诚我十分钦佩。

宾　格里亚斯，对此你绝不可怀疑。

格　不敢，殿下。我是虔诚的、坚信的，但是……

宾　什么？

格　但是，您的信仰使我感到迷惑，在谈话中，似乎您确信您所说的一切，好像您见过另一个世界，并在那里生活过一样！殿下，您的信仰是我的能力所达不到的，也是人类的能力所不能理解的。也许您和那位圣徒及其他圣徒都有联系。

宾　不，不是这个原因，傻瓜！

格　是，我知道您要做什么，不过……

宾　不过你不明白，感觉不到，也不会相信。

格　我相信，殿下。我相信……但是，也许我不明白，我没感觉到。

宾　这有什么用呢，可怜的人？

格　殿下，什么样的爱情能产生这些奇迹，能高高盘旋于几代人之上，正像……

宾　正像蝴蝶在花丛上盘旋飞舞一样。

格　是的，是的。这是什么样的爱情？

宾　它是……是，唉！昏庸的老头子，我该怎么对你说呢？我怎样才能对你说清呢？

格　我想我是读过一些有关这方面的东西的，殿下。

宾　要是你读过浦岛太郎的故事就好了。我最近刚读完。

格　浦岛太郎的故事？故事里有什么我不知道？

宾　你呀，什么也不知道。你不记得了吗？我曾经问过你，在整整四个世纪里浦岛太郎在什么地方，你没回答我。啊……要是你对我讲述这些……（片刻后，仿佛她讲的那个故事就在眼前）那里……夏季的一天，在伸向大海的汤岛海岸上，大海蔚蓝、静谧，年轻的渔夫浦岛太郎坐着他的小船出海了。他撒下网后就等待着，等了一天什么也没打着……黄昏时分，归期已到，无疑要怏怏而归了……真不顺心。现在在我的幻觉中我看见了当时的情景，我看见了当时的一切：浦岛太郎看看渔网，他发现网里有一只海龟，他高兴极了……但他想起来，海龟在海龙王那里是神圣的，它能活千岁，有些人甚至说它能活几千岁，海龟是不能杀害的，于是，青年人感情充沛地、热情地向神做完祈祷后，友善地把海龟放回海水里，之后，他一无所获。天气炎热，万籁俱静，浦岛太郎困倦了。于是，他丢下小船躺下睡着了。小船漫无目标地慢慢漂去……就在这时，犹如在梦中，海上升上来一位婀娜多姿的美女。她那长长的头发披在白皙的臂膀上。她在水面上像轻盈的和风滑动着，一直滑到熟睡的青年头前才站下。姑娘俯身向着青年，轻轻地把他推醒，并对他说道："你不要害怕，海龙王——我的父亲派我来感谢你的善心：你把海龟放了生，你现在跟着我到我父亲的王宫里去吧。王宫在一个四季如春的岛上。如果你愿意，我就做你的妻子，我们幸福地生活，白头偕老。"浦岛太郎听了姑娘的话以后，非常惊讶。海龙王女儿的美貌征服了他，使他拜倒在公主脚下。公主手拿一支桨，青年拿着另一支桨。他俩默默地划着小船朝着那个常绿岛驶去。在岛上，青年看到了他从未见过的景致：那镶嵌着奇珍异宝的宫殿、金碧辉煌的宝库，处处瑰丽多彩，使他目不暇接。王宫为青年举行了宴会，海底王国的人送给他许多珍贵礼品。海龙王的公主做了他的妻子。浦岛太郎一直沉浸在幸福之中。婚礼庆典持续了一年之久。三年过后，他忽然想起了留在汤岛家乡的亲人们。于是，他请求妻子允许他用一天的时间回家看看，探家之后就永不再与她分离。他的妻子默默地哭泣着，然后对青年说："如果你执意要走，你就去吧。但是，我怕的是你一去不再回来，我怕的是我们今后再也不能相见了。不过我送给你一个小盒子，如果你能照我的话做，它可以帮你回到我的身边来。但你不能打开小盒子，不管发生什么事，绝不能打开它。只要你一打开它，你就永远见不到我了。"浦岛太郎向妻子许诺后，告别了她，远离而去。那常绿岛在他身后梦幻般地消失了……浦岛太郎来到家乡后大吃一惊，他看到这里的一切都变了。他徒劳地寻找着他的家和亲人；徒劳地辨认着路上遇到的一个个陌生的面孔，人们都用惊异的目光看着他……他遇到了一位长者，他向长者询问自己的家族。长者先是一惊，不知所措，继而叫道："你是从哪里来的，年轻人，怎么连浦岛太郎的传说都不知道！四百年前，浦岛太郎外出打鱼就没回来。如果你到墓地去，就会看到剥蚀的石碑上有关他的记载了。"这一席话使浦岛太郎思绪混乱，他认为自己是在做梦，也许看见了蜃景，或者是遇到了邪术……他问自己："这是什么意思呢？"他想起随身携带的小盒子，他想，小盒子里也许有东西，能给他揭开眼前的奥秘——时间的秘密，也就是他看到的四百年成为三年的秘密。但他又想起了他的妻子——海龙王公主的话以及自己的许诺，于是，他克制着自己。可是疑惑又在折磨他。他又疑惑起来，几乎神志不清了。难道这盒子里有魔法，自己究竟是中了魔还是失去了理智？这盒子里到底有什么邪术？是什么样的魔法？遗憾的是浦岛太郎终于忘了许诺，打开了小盒子……

格　　怎么样？

宾　　什么也没有，在盒子里他什么也没看见，只有一缕白烟冉冉地升向天空，犹如夏日的云朵，在平静的海面上向他曾经获得过幸福的常绿岛方向漂去。

格　　就这么一点儿东西？

宾　　就这么一点儿东西；这时浦岛太郎才知道，他亲手把自己的幸福断送了，永远也不能回到海龙王公主——他爱妻的身边去了。

格　　后来呢？

宾　　后来，他立刻觉得自己在变……突然，他的血液冷冰冰地流着，牙齿也一下子脱落了，毛发变白，四肢发抖，躯体萎缩，全身无力……就在这一瞬间，他变成了一个老态龙钟、衰老不堪的四百岁的老人了。他伏身在那永无变化的、蔚蓝的大海海岸上，等待着死亡的降临……

寂静。

格　　（想了想）那么，盒子里的白烟就是使时间没在他身上起作用的东西啰？

宾　　是的……你这头脑简单的人！

格　　但是，殿下，从这个故事里我并没看见爱情是怎样在时间上面盘旋，犹如蝴蝶在鲜花上盘旋一样。

宾　　晚了，今世你是不会看到这些了。

从洞外传来嘈杂声和鼓号声。

宾　　你听，格里亚斯！你听，他们来了。

格　　（侧耳细听）是的，这是国王的队伍，殿下……我怕的是，在封洞之前，国王会进洞来告别的。

宾　　在这种情况下……怎么办？

格　　（指着山洞的深处）殿下，请您躲在洞的里面去吧。

宾　　好，好的。

格　　我呢，我还得去迎接国王，不要因为我不在而引起他的怀疑。

宾　　好，你去吧……

格　　一旦国王要进洞，我会先他而行的，您将会听到我大声说话的声音，以便引起您的注意……

当鼓声、嘈杂声越来越近时，格里亚斯迅速地走出去。

宾　　（剩下她一个人。她俯身向着买什里尼亚）买什里尼亚，你没有背弃诺言……你没有打开不许打开的盒子——也没有让怀疑战胜你的爱情，使它变成一缕白烟。像你这样的人难道还能与相爱的人永远分离吗？（她沉默着，直到喧嚷声接近洞口）

格　　（在洞口喊叫）陛下，圣徒们都在这里睡卧着。

宾里斯卡急忙起身躲起来。随后，国王、格里亚斯、猎人、神父、士兵和侍者都进洞来了。

国王　（在尸体前后退了几步，在胸前画着十字，回头对神父）神父。

神父　（上前）陛下。

国王　你看我们是否把圣徒们的遗体放在上好的棺椁中呢？

神父　不能，陛下。应该让他们保持原来的样子，上帝使升天的人和地上的俗人区分开，他们是不需要棺材的，不久，他们会升天的……

国王　那么，最明智的办法是把他们放在原地啰！

神父　只要我们把他们的洞口封上，那么他们就像在最严密的坟墓里一样了。

猎人　（上前）陛下，容小人禀告陛下。

国王　你说吧，猎人。

猎人　我们不能把圣徒封在洞里。

国王　为什么？

猎人　他们还没有死呀，陛下！

国王　你说什么？

猎人　他们正在酣睡，就像前一次一样。几年后他们还会苏醒的。

另一神父　（上前）是呀，陛下！他们正在睡觉，他们还会醒来的。

猎人　如果把他们封在里面，陛下，那他们怎能像上次那样再出来呢？

国王　奇怪！他们现在正在熟睡吗？

第一个神父　不是的，陛下，他们真的死了，他们将要升天呢！

格　是的，陛下！他们真的死了，要升天了。

国王　奇怪！那么，我相信你们谁的话呢？

猎人　陛下，无论按哪种意见办都不宜堵洞，以防将来……

格　怎么办？难道我们就这样把他们丢在这里，任那些游人来游玩吗？人们都知道这个地方了。

国王　如果他们真的醒来，格里业斯，发现在他们这里筑起了墙……

格　陛下，到那时……那时……陛下，我倒是有个愚见。

国王　什么想法?

格　我们在洞里给他们放些锄、镐,就放在洞口旁边,随后我们再堵洞。如果他们复活后再想出去,发现洞被堵了,只要用镐敲打两下,洞口就开了。

国王　这个主意倒也可取。

格　取三把镐来,快点,(一个随从急忙出去取回三把镐)把镐放在洞口旁边。

国王　(指着神父们)现在各位神父迈上前来,向圣徒举行告别仪式吧……一会儿我们出去,擂鼓吹号,宣告开始封闭圣墓。格里亚斯,你向人民宣告:公主因病不能来向圣徒告别了。

神父们和他们身后的国王、侍者举行仪式,唱赞美歌,随后都出去了。空场后,宾里斯卡出现了。

格　(小心地急忙返回)趁他们不注意,我又到您这里来了。时间紧迫,一会儿擂鼓吹号就要封洞口了,殿下,您还有什么吩咐?

宾　没什么了,格里亚斯,我很感谢你,你去吧。

格　殿下,您吩咐过的我都做到了吗?

宾　我了解你的忠诚和善良心肠。格里亚斯,如果因为我,我的父亲要责怪你,你就原谅我吧。你说过,为了我,你可以牺牲自己。如果国王问起你有关我的事,他可能指控你只知顺从我,也许审判你,处决你……

格　殿下,这些我都不在乎,我的余生都属于您,为您效劳,但是……

宾　什么?

格　只怕我良心的责备要大于国王对我的惩罚。上帝见证:我诚心地恳求您,希望您改变主张。我多么想说服您呀!

宾　　别害怕，格里亚斯！你的良心是清白的。这一切是必然要发生的，是命中注定的。

格　　是的，您曾做过一个梦，梦见您被活埋……

宾　　梦被验证了。

格　　算命先生也说对了。殿下，您是圣徒，是的，您是圣徒当中的一个。这使我得到了安慰。（鼓声传来）擂鼓了，殿下！我应该出去了……永别了，殿下，永别了。要是您没吩咐我去安慰丧女的国王，并说服他，如果没有这一任务，我就和您死在一起了。

宾　　格里亚斯，你还有一个任务：如果你用我的故事、我的历史教育人们，就按照我吩咐你的告诉他们吧。

格　　（急于出去）说您是圣徒……

宾　　不，不是这个，好心的傻瓜，这不是我的意愿。

格　　说您是一位忠于爱情的女人。

宾　　是的……够了，足矣。

格里亚斯出去，剩下宾里斯卡和死者一起被封在洞里。

——**幕　落**

图书在版编目（CIP）数据

洞中人 /（埃及）陶菲格·哈基姆著；张景波译.
-- 北京：华文出版社，2018.1（2022.8 重印）

ISBN 978-7-5075-4777-1

Ⅰ. ①洞… Ⅱ. ①陶… ②张… Ⅲ. ①剧本 - 埃及 - 现代 Ⅳ. ①I411.35

中国版本图书馆CIP数据核字（2017）第250826号

洞中人

DONG ZHONG REN

著　　者：〔埃及〕陶菲格·哈基姆
译　　者：张景波
插　　图：史济鸿
策　　划：杨　平
责任编辑：杨　宁　郭俊萍
特邀编辑：张国平
出版发行：華文出版社
社　　址：北京市西城区广外大街305号8区2号楼
邮政编码：100055
网　　址：http://www.hwcbs.cn
电子信箱：silkroadlibrary@qq.com
电　　话：总编室 010-58336239　发行部 010-58336267
责任编辑 010-58336254
经　　销：新华书店
印　　刷：北京画中画印刷有限公司
开　　本：710×1000　1/16
印　　张：7
字　　数：50 千字
版　　次：2018 年 1 月第 1 版
印　　次：2022 年 8 月第 3 次印刷
标准书号：ISBN 978-7-5075-4777-1
定　　价：38.00 元